文庫

柳澤桂子

癒されて生きる

女性生命科学者の心の旅路

岩波書店

はじめに

私は三〇年に近い歳月を原因のよくわからない病気とともに生きてきた。はじめにあらわれたのは、めまい、吐き気、腹痛などの症状であったが、次第に四肢《しし》の麻痺《まひ》、嚥下《えんか》困難などもともなって、起きることもできなくなってきた。そこまで病気が進行しても、検査値に異常があらわれないために、病気とは認められなかった。すべて主観的な症状ばかりであるために、私の気のせいであるとか、何か不満があるために出る症状とされた。

起きていることができないために、私がたいせつにしていた仕事もできなくなった。自分ではどうすることもできない激しい症状があり、職を失っていくなかで、社会的に病気とは認められないということは、言葉にあらわせない苦しみである。

現在の社会では、医師が病名をつけないということは、その他のひとびとも病気と認めないことを意味する。さいわいにも、私の勤めていた研究所は、そのような状況で私のために可能なかぎりの手を尽くしてくれた。このような温かい処遇をほんとうにありがたいと思った。

また、幾人かの親切な医師にもめぐり会った。思い当たる技術のかぎりを尽くし、医療の技術のおよばないところでは、精神的に支えてくれた医師もあったが、むしろそれは少数であった。この三〇年近い年月の私の苦しみは、かなり特異的なものであったと思うし、そうあってほしいと願う。

しかし、それがかならずしもまれな体験ではないことを、本を書くようになってから、多くの読者からの手紙で知った。とくに膠原病《こうげんびょう》のような自己免疫疾患《じこめんえきしっかん》を患うひとは、多かれ少なかれ、私と似たような体験をするようである。

それは病むものにとっては、たいへん辛いことであるが、私自身はちょうどひとびとが科学というものを誤解している時期に私が生まれ合わせたために起こった悲劇と受け止めている。

私が最初に身体の異常を感じたのは、一九六九年である。そのころから、検査機器は大型化し、検査技術も改良され、医療が検査値に寄りかかり、過大評価する傾向は加速するばかりであった。医師が検査値だけを見て、人間を見なくなったといわれる時期である。

戦乱の世の中に生まれるひともあれば、飢餓の世の中に生まれるひともある。科学技術過信の世に生まれれば、その苦しみを背負うひともいて当然といえよう。

そのような苦しみのなかで、私が到達した結論は、「医師はそのひとの人格以上の医療はできないものである」ということと「社会が成熟しないかぎり、医療はこの誤りから抜け出せないであろう」ということであった。私は、私が生きているうちに医療が改善されることは望めないと思っていたので、この暗闇のなかで力つきる覚悟でいた。

ところが、社会が成熟する前に、医療は思わぬことから思わぬ方向に動きだした。社会の高齢化と医療費削減のために厚生省が力を入れだした在宅医療の推進によって、大病院集中、検査中心型の医療が崩れはじめたのである。また、若い志に燃える医師のなかにも、これまでの医療に疑問を抱くひとも増えてきたのであろう。

私は思いがけず、在宅医療に力を入れる医師によって救い出されたのであるが、この三〇年近い年月を振り返ってみることによって、苦しみを生き抜くために何が必要かということ、ひとはどのようにして癒《いや》されるのかということが、おぼろげながら見えてきたように思える。

社会の高齢化にともなって、医療面や経済面での議論はおこなわれはじめたが、精神面についてはあまり考えられていない。社会に役立てないものになって自分の老いを見つめ果てることは、たいへん辛いことであり、そこで味わう孤独はいいしれぬものがあるのではなかろうか。しかし、すべての人間は癒される可能性をもっていると私は確信している。

癒されて苦しみから解放されるためには、それなりの準備がいるのではなかろうか。若いときから、心を少しずつ削ぎ落としていく必要がある。私はそのことを私自身の苦しみと四人の親から学ばせてもらった。

また、なぜひとは生きがいを求めるかということを考えていくと、子供の精神的な発育において、価値観がどのように作用するかという問題にいきあたる。健康な価値観は現在の日本の社会に非常に希薄なものの一つではなかろうか。

在宅医療についての議論はさかんであるが、医療を受けるひとびとが高齢ということもあって、患者側からの発言はほとんどない。しかし、実際には、医療を受けるひとにしか見えない部分がある。そのような部分に光をあてることで、いくらかでも社会にお返しできるのではないかと考えている。

私が三〇年におよぶ病気によって得たものを記すことによって、何かを感じ取ってくださる方があれば、このうえもない喜びである。

目 次

本文カット＝朝倉まり

病む

発病

病の最初の兆候があらわれたのは、三二歳のときであった。やがて、起きることもできなくなるとは、そのときは考えてもみなかった。三八度近い微熱がつづき、めまいがするために近くの医院に通って、抗生物質の投与を受けていた。初夏のある日、医院の診察室で名前を呼ばれて立ち上がった瞬間にめまいがして、私はその場に倒れてしまった。すぐに大病院に入院の手続きが取られたが、その日はベッドが空かないので、その医院の奥の間で点滴を受けた。

梅雨入り間近の空には雲が多かったが、その間から薄日が漏れていた。医院の庭には小さな池があり、水辺に木賊《とくさ》が茂っていた。細い竹でできた簾《すだれ》に風が触れると、木賊の緑が揺らいで流れた。長い経過をたどることになる病気のはじまりを象徴するように、重い湿りをふくんだ日であった。

大学病院に入院して検査した結果、胃に大きなしこりのあることがわかり、末期の胃ガンと診断された。しかし、さらにくわしく検査するうちに、それは腸の一部が重積してかたまりをつくっているに過ぎないことがわかった。手術の計画は中止になった。

そのほかには何も異常がないということであった。くりかえされる検査のために、状態は一層悪くなっていたが、退院するしかなかった。これが長い苦しみのはじまりであった。検査で異常がなければ、病気とは認められない。

退院時に病院で出された薬はリュックで背負うほどもあったが、私はその薬をすべて捨てた。自分の力で立ち上がろうと思った。弱った脚を鍛えるために、家のまわりを歩くことからはじめた。

歩ける歩数が増えることを頼りに、自分にむち打つようにして過ごした。数カ月後にやっと日常生活に支障のない程度の状態を取り戻すことができた。子供が小さかったので、生活もたいへんであったが、それでも最低限の家事ができるということは何というしあわせであろうか。

それから数年は、時は穏便に過ぎた。下の子供が五歳になったのを機に、私は研究生活にもどった。はじめの数年は、子供を連れてアメリカに留学したり、新しい研究の準備をしたり、充実した歳月を過ごすことができた。

再　発

仕事が軌道に乗ってきたところで、思わぬ伏兵があらわれた。子宮内膜症《しきゅうないまくしょう》のために、子宮を摘出しなければならなくなった。一日も仕事を休むのは惜しかったが、症状は非常に重かったので、そのまま放置することもできなかった。

入院、手術をすませ、三週間後には仕事に復帰した。忙しい生活は、術後のからだにかなりの負担であったが、何とか時間さえたてばと思ってがんばった。しかし、手術後三カ月くらいたったところで、食後に激しい腹痛が起こるようになる。入院中からつづいていた微熱は、まだ下がっていなかった。

仕事は忙しかった。学会がつづいていた。休むわけにはいかない。むりを重ねているうちに、激しいめまい、腹痛、吐き気の発作がくりかえし襲うようになった。ほぼ一カ月の周期で発作が起こった。

発作の激しさのために体重はどんどん減少した。ふたたび前に入院した大学病院に入院した。今度は慢性膵炎《まんせいすいえん》の診断であった。数カ月後に予定されていた国際学会への出席も取り消さなければならなかった。パリからモスクワへまわるその旅行を私はたいへん楽しみにしていたので、崖から突き落とされたような感じがした。

主治医の指示通りに薬を服《の》んだが、症状は少しも改善されなかった。そのことにいらだつ医師が癇癪《かんしゃく》を爆発させたのを機に、私はその病院にいくのをやめてみた。薬をやめても何の変化もなかった。よくもならないし、悪くもならなかった。

診断

毎月のように発作をくりかえすので、入院して栄養を補給する必要があった。しかし、いくら検査しても何の異常も認められなかった。すべて私の気のせいにされた。いったん「心因性」ということになると、まともな病人としては扱われなかった。勝手に病気をつくっているもの、不満のはけ口として苦痛を訴えるものとして切り捨てられた。

しかし、何といわれてもあまりにも激しい発作のために衰弱するので、入退院をくりかえすことになる。また、どこか別の病院へいけば、はっきりした診断がつくのではないかと思って、転院するので、ますます信用をなくすということが重なっていった。

心因性という診断はいとも簡単につけられる。からだの病気であるというためには証拠が必要であるが、心の病気には証拠は必要でないように感じられた。医師の感じ一つで病名がつくのである。

その上にまことしやかな理由までもつけられた。子宮摘出による女性喪失感に加えて仕事がいやなために病気になりたいという願望からこのような症状をくりかえしているというのが、多くの医師の考えであった。しかし、私のような状況で仕事をつづけていくのは、ほんとうに研究が好きなためであるという視点がここには欠けている。いやでも働かざるをえない男性の立場からの発想である。

この間に受けた精神的な苦痛は、病気の苦痛をはるかに上回った。痛みを訴えても、「この患者は放っておけばよい」の一言でかたづけられたことも多い。「お前は精神科へいけばいいいんだ！」と怒鳴られたこともある。回診の医師の表情に嘲笑の色を読みとることもしばしばあった。

孤独

その間に立ったり歩いたりすることによっても発作が誘発されるようになり、次第に職場に出勤することもできなくなった。心因性という診断がつけば、周囲も当然そのように受け止める。親しいひとびとの励ましが苦しく、誰に訴えようもなく、相談するひともいない状況がつづいた。

からだの異常は、誰が何といおうとそこに存在した。どんなに苦しくても、手をさしのべてくれるひとはいない。周囲には人間が満ちているのに、私の苦しみに耳を貸してくれるひとはいない。このようにして、私は社会のなかで孤立していった。発病後二〇年ほどたったところで、病気の進行は急に速度を増し、症状も変わってきた。まず、足に麻痺《まひ》が出はじめそれが次第にからだの上部に登ってきた。手も冒され、物を飲み込むことが困難になってきた。それでも、検査には何も引っかからなかった。

すべては「心の問題」にされた。

精神科や心療内科《しんりょうないか》も訪れてみたが、そこでは心の問題ではないと診断される。私は引き受け手のない患者だった。

このようにして二五年が経過した。これほどの孤独にどのように耐えてきたのか、自分自身でもよくわからない。ただ生きることに夢中であったことしか思い返せない。この状態から抜け出したいと思ってもがいたことも確かである。深い井戸に落ちて、這《は》い上がろうとすると、手が滑《すべ》って何度も水の中に落ちるという夢をよく見た。

病気の初期のころには、医学部に入り直して、医師になろうかと真剣に考えたこともあった。しかし、やがて、いくら私が医師になっても解決する問題ではないだろうと考えるようになった。同僚を陰で嘲笑するのは、日本の社会ではごくありふれたことである。たとえ、私が医師であってもおなじ状況が生まれる可能性が高い。

救助

この闇のような状況を救うきっかけをつくってくれたのは、ひとりの友人の親切心である。この友人は、膠原病《こうげんびょう》で、ステロイド(副腎皮質《ふくじんひしつ》ホルモン)を服んでいた。

私には、病気の初期から視力が時々落ちるという症状があったが、二〇年目ころから、激しい眼底の痛みをともなうようになっていた。この痛みはどんな痛み止めを使っても止まらない。私の症状を聞いたこの友人は、「とにかく試してご覧なさい」といって、私にステロイドを送ってくれた。

結果は劇的であった。私の眼の痛みはステロイドで止まり、はっきりと見えるようになった。このことを当時の主治医に報告してみたが、無視されてしまった。しかし、ちょうどそのころ、私のところを訪れた若い知人の医師が、この事実を真剣に受け止めて、ステロイドを使ってみるように勧めてくれた。試してみると、ステロイドは、私の他の症状にも非常によく効いた。

このたった一つの事実が、心因性でない可能性を示唆するのである。この若い医師は、「これだけの症状が出ているのに、なぜ、今まで誰もステロイドを試してみなかったのか理解できない」という。

大病院にかかることをあきらめた私は、近所の開業医のなかで私の症状と気ながにつきあってくれそうな医師を探した。そして、さいわいにも非常に優秀な医師にめぐり会えたのである。これまでの医師が、症状を既存の病名に当てはめることしかしなかったのに、この医師は、症状からからからだのなかで何が起こっているかということを推測する能力に秀でていると私はすぐに感じた。

多くの研究者とつきあってきた私にとって、このような能力を見わけることは、それほどむずかしいことではない。実験データから未知の現象を探り当てる能力は、研究者にもっとも必要とされるものの一つであるが、これを十分に備えている研究者も少ない。この医師と長くつきあってみて、私の初期の判断がまちがっていなかったという確信を強めている。

長い間、医療によってたいへん苦しめられたが、なぜそういうことになったのか、私にはよくわからない。私の身の上だけに起こったことかとも思ったが、多くの読者からの手紙によって、これが診断のつきにくい病気にかかったときに、誰もが経験することであることもわかった。

私は、一人ひとりの医師を恨む気にはなれない。一人の医師がそうであるというのではなく、どの医師もおなじようなことをするというのは、もっと根本的な問題があると考えるべきであろう。医学教育の問題かとも思われるが、私には、もっと奥深い人間の本性の問題と関係があるように思えるのである。

この問題は、私の力では結論を出すことができないほど根の深い問題ではなかろうか。しかし、つらい経験をしたものとして、問題提起はしたいと思い、実際に何が起こったかということを『認められぬ病』という著書にして世に問うた。このようなことはできれば書きたくない。しかし、私は責任のようなものを感じ、黙って過ごすことはできなかった。

病気によって私自身が変化したかと聞かれることがある。けれども、病気をしなかった私が存在しないので、この質問には答えることができない。私の心の軌跡をふりかえってみると、苦しみ悶《もだ》えたあとがうかがえる。苦しむことによって、少なくとも、変化の速度ははやくなったのではなかろうか。

＊＊

世界中に広がって、無限の空に無数の形相を生みだすのは孤独の苦悩である。夜もすがら星から星をじっと見つめて沈黙し、雨降る七月の闇の中でざわめく木の葉のうちに詩を喚びおこすのは孤独のこの悲しみである。

（R・タゴール）

価値観の変化

私の心のなかで、価値観が少しずつ変わっていった。はじめから心が安らかであったわけではない。病気と認められない苦しみは、身体的な苦しみよりも何十倍も大きかった。

私は研究所の研究員として、マウスの突然変異体を使って、卵からなぜネズミのかたちができあがるかということを研究していた。研究は順調に進んでいた。人生の頂点にさしかかったところで、すべてを放棄しなければならないという状況に直面したが、心は意外に静かであった。平静でいられた大きな要素の一つは、私が家族をやしなう必要のないことであったと思う。

自分の生きがいを求めてしていたことである。自分があきらめられればよいことである。大学院を終了してから、研究職に就くまでにも紆余曲折《うよきよくせつ》があった。子供を育てるために七年間を主婦業に専念した。このような経験が私の人生への価値観に多少の柔軟性をあたえてくれたと思う。

さらに、家庭をもちながら研究をするということは、自分の欲求は極力抑えるということでもあったことに、病気になってから気づいた。研究というただ一つことのために、そのほかのことはすべてがまんしなければ生活が成り立たなかった。それが、家族と研究というたいせつなものを同時に育てていく唯一の道であった。

そのようにして暮らしてきたために、病気になっても、あまり不自由は感じなかった。不自由であること、がまんしなければならないことは、それまでもおなじであった。けれども、病気は私から研究を奪い、家族にも迷惑をかけた。

とくに子供を残して入院しなければならないことはつらかった。お弁当が心配だったし、季節の変わり目がきても着るものや寝具の入れ替えをできないことがしばしばあった。年老いた義父母にも不安でさびしい思いをさせた。

一年のうちの半分近くを病院で過ごした年もあった。もし、病気であることがはっきりしていたら、いくらか耐えやすかったのではないかとも思うが、病気であるということさえ認められないために、私は自分自身を責めた。それは、自分が妻の座、母の座に居座ることへの叱責《しっせき》ともなった。疑問と責め苦のなかで、家庭を壊さないようにしていくのは並大抵のことではなかった。

また、何かのまちがいではないかと思ったり、もうすぐよくなるのではないかと思ったり、揺れる気持ちで何年かを過ごした。しかし、すべての期待は裏切られ、苦しいからだの状態はくりかえし訪れた。それでも病気とは認められないという状態も相変わらずつづいた。

とくに医師の冷ややかさ、あざけるような態度に接することはつらかった。医学という科学の名のもとに、まったく非科学的な方法が蔓延《まんえん》していることが悲しかった。医師たちがそのことに気づかずに、誇らしげであることさえあるのを見ると、絶望的にさせられた。

しかし、私の気持ちのなかに怒りとか悔しさはなかった。それは怒り以上の、どうしようもない深い悲しみであった。人間であることの悲しみ、人間であることの限界を知る悲しみ。それは涙も出ないほどの悲しみである。存在の深淵からにじみ出る悲しみである。

私は宗教に救いを求めたいと思ったが、どうしたらよいのかわからなかった。私の家は代々神主であったが、育った環境に宗教的なものはなかった。キリスト教の教会にいってみたいと思ったが、どこへいけばよいのかわからなかった。どこかにえらいお坊さんがおられないかと思ったが、どうやって探したらよいかわからなかった。

実際にどのように行動してよいかわからなかったことに加えて、私の心のなかに一つの恐れがあった。それは、もし宗教を求めても、それに失望するのではないかということであった。宗教そのものへの失望とともに、私が接する聖職者の人格に失望するのではないかということも恐ろしかった。自分が高いものを求め過ぎるのではないかという心配があった。

しかたがないので、私はいろいろな本を読みはじめた。仏教の本が多かったが、キリスト教、イスラム教、さらにはニュー・サイエンスの本まで読みあさった。そのような本のなかから、とくに感銘深かった本については、あとの章でふたたび触れることにする。

宗教書、哲学書、文学書などを乱読するうちに、次第に何かが見えてくるように思えた。何かから解き放たれていく自分を感じた。人間であることの悲しみが薄らいだわけではない。本を読むことによって、むしろその悲しみは動かしがたいものになっていった。しかし、そのほんとうの悲しみを知ってしまったのは、私だけではないということに気づいたのである。

それらの感銘深い本の著者たちは、みんなその悲しみを知っていた。その悲しみを受け入れて、しかも立派に生き抜いたひとたちである。私はもはや孤独ではなかった。たとえ書物を通してでも、共感できるひとびとにめぐり会えたのである。

ユダに裏切られて、不当な罪状によって十字架にかけられたキリストの心のなかにあったものは、怒りでも悔しさでもなく、深い悲しみであったはずである。

私は本物の宗教に出会えたと思う。それは自分がいかに小さいかということを知ることであった。存在の深淵からにじみ出る悲しい運命を背負っているのが私のほんとうの姿であった。それに気づくことが宗教心に目覚めることであると思うようになった。その小さい自分というものは、科学的にみても正しい自分の姿である。宗教と科学は相容れないものではない。

宇宙のなかの小さい自分に気づいてみると、自分が宇宙の懐に抱きかかえられているように感じられた。その逆転がなぜ起こるかはわからない。人間の心は不思議である。その不思議さをかいま見せてくれたできごとが、次の章で述べる神秘体験である。

このようにして、私は次第に何かを成し遂げることを最高とする価値観から解放され、苦しみのなかで苦しさを感じないで生きていく道を体得していった。苦しみも悲しみも私の心のなかにあるものである。苦しみを苦しみにしているのは、ほかならぬこの私なのである。

何でもないことであった。この一つことに気づいたことで、私の心はすっとほどけた。悲しいと思う心も恥ずかしいと思う心も、すべて私がつくりだしている。それをつくりさえしなければ、そのような心に縛られさえしなければ、私はいつも安らかでいられる。

ひとびとの優しさに癒されて

病気の進行につれて、生活は束縛され、身体的な苦痛も増してきた。数カ月に一度ずつ、ちょうど火事が燃え広がるように症状が悪化していく。ステロイドが効くことがわかってからは、かなり楽になったが、それでも病気の進行を止めることはできない。

徐々に失われていく能力、徐々に増していく苦痛を見つめていたのでは、そればかりが拡大されて感じられる。失われたものではなく、残されている能力に目を向けることによって、気持ちは救われるのである。生きているということは、かならず残された能力があるということである。

そのようにして、自分を眺めなおしてみると、私にいかにたくさんのものが残されているかということがわかる。機能が衰えても、どの臓器もまだ生きるに十分なだけの働きをしている。残されているものに目を向けると、おのずと感謝の気持ちが湧く。そして、ほんのささやかなことにも喜びを見いだせるようになる。

髪梳くに足りる力の戻りきて肌《はだえ》に触れる櫛を楽しむ

手足の機能の衰えを補うために、周囲から優しい援助の手が伸べられる。それは、元気なときにはなかったものである。病気にならなければ、知り合うこともなかったであろう医師、看護婦さん、保健婦さん、ヘルパーさんの優しいぬくもりと手厚い介護は、失われたものを補ってあまりあるものに思われる。

私が長年味わってきた孤独とは対照的な世界に身を置くことになった。優しさは大きな癒《いや》しの力をもっている。それだけに、病気であることさえ認められないということは、からだの苦しみよりもずっと耐えがたいことである。

私の苦しみをいっしょにわけもとうと手を差し伸べてくれるひとがいるということは、人間のもつもっとも大きな喜びの一つではなかろうか。そのような温かい気持ちにまもられて、たいせつに思われている毎日は、たとえ肉体的に苦しくとも心は満たされている。心は癒され、慰められ、安らいでいる。

生き物である以上、肉体的な苦しみを一生のうちのどこかで味わう可能性は高い。その苦しみが強ければ強いほど、差し出される優しさによって深く癒され慰められるのではなかろうか。

かつて、アメリカのトルドー療養所に次のような言葉が記されていたという。

時に癒し

しばしば支え

常に慰む

今、私はこの通りの医療を受け、出会いによって人生にあたえられた意味を五感を研ぎ澄まして感じている。

芸術が癒す孤独

ここに至るまでに、私は医療に関して深い孤独感を味わった。苦しみを訴えても満足できる応答を得られなかったのである。その孤独感は、医療ばかりでなく、私の社会生活一般に影響をあたえた。

社会から疎外されて生きることは、人間にとっては非常につらいことである。周囲のひとびととよい人間関係が築けているときに、ひとは幸せを感じる。それはなぜであろうか。

私たちが母親の胎内にいるときから、脳のなかの神経回路が形成されはじめるが、出生後も回路の形成はつづく。環境からたくさんの刺激があたえられるようになると、刺激をたくさん伝達した神経回路の結合は強化され、使われなかった神経回路は退化する。このように、神経回路は遺伝的にきまった結合を環境からの情報の伝達頻度に応じて変化させるという方法でつくられていく。

赤ちゃんが生まれてからのことを考えると、多くの場合、母親に抱かれ、乳をあたえられ、あやされている。神経回路は、母親との応答形式で形成されていくであろう。このようにして、人間の社会性の第一歩が築かれていくのではなかろうか。いいかえれば、人間の神経回路は相手を求めて、対話するようにかたちづくられているのである。

脳のなかの神経回路がそのようにできているのであれば、応答が得られなくなったときには、神経回路がうまく機能しなくなる可能性がある。このときに感じる不調和が孤独感ではなかろうか。

このいいしれない孤独を救ってくれたのは、たくさんの書物であり、音楽であり、絵画であった。人間と対話するかわりに、私は書物に問いかけ、そこから応答を得ることによって、私の神経回路を破滅から救ってきたように思えるのである。

書物は私の問いかけに対して、思慮深い言葉を返してくれた。音楽は私とともに孤独をわかちあい、悲しみを共感し、ともに涙を流してくれた。絵画は私の心を優しく撫でて慰めてくれた。私は知と情の両面から応えてくれる手段を手に入れていたように思う。キリストを失った聖母マリアの悲しみの音楽は、人間のもつもっとも美しい悲しみの旋律として、私の心に沁み入った。バッハの「マタイ受難曲」「ヨハネ受難曲」「ロ短調ミサ」、ペルゴレージの「スタバト・マーテル」など、マリアの悲しみは私の悲しみと溶け合って静かにしずかに流れていった。

人間の感情が音となって表現できるということは、たいへんふしぎなことである。けれども、人間から拒絶された私は、音楽の表現する人間と深く交わった。ヘルマン・プライは「亡き子を偲ぶ歌」のなかに、また「冬の旅」のなかに人間に普遍的な悲しみを歌い込んだ。カルロ・マリア・ジュリーニは、オーケストラの音のなかに宗教的な美しさを見せてくれた。ジュリーニの心を通してあらわされる音楽のなかでは、悲しみも苦しみも浄化され、抑制されていぶし銀のように鈍く光るのであった。

音楽のなかでも私の心はオペラに深く傾いていった。オペラはひとの声を使うという点において、一層深く人間の感情を表現することができる。旋律のなかに和声のなかに何という深い感情があらわれてくることであろうか。それらのすぐれた旋律を表現力豊かな歌手が歌うとき、音と音の間に、またフレージングのなかに人間という存在の悲しさが満たされるのである。

このような音楽とともにあるとき、私は孤独ではなかった。私は語りかけるものをもっていたし、応えてくれるものももっていた。音楽は人間の言葉を越えたところで、私を深く包み込んでくれた。

ギュスターヴ・モローがいうように、画家は目に見えるものの奥にあるものを描く。そこに描かれるものは、画家の心であり、魂である。

人間との交わりに失望した私は、絵画からも多くの慰めをあたえられた。ときには絵画から音を聞くこともあった。小野竹喬《ちくきょう》の「秋草」に描かれた野草の一本一本が奏でるメロディーは、谷川で鳴く河鹿《かじか》の声のように思えた。

福井爽人《さわと》や田淵俊夫の絵のなかに漂う静かな孤独感が好きであった。いつまでも飽かず眺めていると、その絵と一体になって流れ去るような錯覚を覚えた。絵は音楽とちがって静かな慰めであるが、音楽に劣らない力をもっている。

芸術とは、感情脳である大脳辺縁系《だいのうへんえんけい》から発せられる強い感情や、大脳新皮質《だいのうしんひしつ》のなかでの意外な神経回路の結びつきによるインスピレーションを、理性の篩《ふるい》にかけて表現したものではなかろうか。そこで表現されるものは、多くの場合、理性脳の論理を越えているので、イメージというかたちで表現される。

理性脳のせせこましい呪縛に縛られがちな私たちにとって、豊かなイメージによる心の解放は、魂をよみがえらせてくれるものである。からだを動かせないものにも、イマジネーションの喜びはふんだんにあたえられている。

音楽、舞踊、絵画、工芸品、詩や文学作品を通して人間の心の奥底に触れるとき、からだが動かないということはどれだけの意味があるであろうか。芸術の感動は時空を越えて生きつづけるのである。

神秘体験

発病後一四年くらいたったころに、私は神秘体験をしている。今、振り返ってみると、この体験は私の生涯のなかで、重要な意味をもっていたように思える。この体験によって、何かが、おそらく私の脳のなかの価値体系のようなものが崩れて、再構成されたように感じられる。この体験についてよく考えてみることによって、人生を生きやすくする要素が見えてくるかもしれない。

神秘体験については、書物にも記録されており、かなりの頻度で起こるもののようである。精神科医であった神谷美恵子によると、それは多くの場合「ひとが人生の意味や生きがいについて、深い苦悩におちこみ、血みどろな探求をつづけ、それがどうにもならないどんづまりにまで行ったときにはじめておこる」ものであるという。

私はそこまで追いつめられていたとは自分では思えないが、いよいよ休職の期間も切れ、私がたいせつにしていた研究職を解雇されるという知らせを受けた晩にそれは起こった。それは、苦しみのなかで突如として私を包み込んだ神の恩寵《おんちょう》とも感じられる不思議なできごとであった。この経験は言葉ではあらわしがたいが、そのときの様子を私は次のように記している。

山茶花《さざんか》の美しい日でした。電話で解雇の知らせを受けた夜、私の心はキリキリ痛みました。眠るどころではなく、私は般若心経《はんにゃしんぎょう》について書いた本を読みながら横になっていました。心を苦しむにまかせていましたのに、本を読み進むにつれて、その苦しみが少しずつ希望に変わっていくのを感じました。

やがて、長い冬の夜が明けて、障子が白々としてきたとき、突然、私は激しいめまいを感じ一瞬、意識がなくなったように思いました。次の瞬間、昇ってくる朝日に照らされながら、私は何か大きな暖かいものにすっぽりと包まれているのを感じました。

それは何だかわからないけれども、もう私は一人で悩む必要も苦しむ必要もないと確信できました。私のすべてを、現在も未来もその大きな力にまかせてよいのだと思いました。これまでも、いつも私はその大きな力に包まれていたのに、自分でそれに気づいていなかったのだと感じました。

そして、自分の進むべき道がはっきりと、本当にはっきりと目の前に見えてきました。解雇や病気は、私が仕事を辞める理由にはならない。この宇宙の中での私は小さい、けれどもそれが私である以上、私は最善の生を生きなければならない。私と同時代に生きた人々のために、まだ私には何かができるはずだと感じました。私の生きてきた人生経験が、私に動かしがたい何かを与えてくれたこと、そして、私が、十年、二十年前の不安定な私ではなくなっていることを、はっきりと感じました。私の得たものを成長させて、世の中に返す義務があると思いました。一睡もしませんでしたが、前の晩のみじめな私はもうそこにはいませんでした。

宗教学者の岸本英夫によると、いろいろな宗教に見られる神秘体験の共通の特徴は次の四つであるという。

(一)特異な直観性
(二)実体感、すなわち無限の人いさと力を持った何者かと、直接に触れたとでも形容すべき意識
(三)歓喜高揚感
(四)表現の困難

私の体験は、この四つの特徴をすべて備えていた。それは、明け方の光とともに突然にあらわれたもので、まさに直観的としかいいようのない体験であった。何か大きなものにすっぽりと包まれた感じというのは、岸本のいう第二の特徴と一致する。私の目の前には進むべき道がはっきりと見えて、私は自信に満ちた高揚感を味わったのである。岸本のいう第三の特徴である。私はこの経験を言語を使って文章にしてはいるが、もちろんこのような経験のないひとには私に起こったことの全貌を共感することは不可能であろう。岸本は「表現の困難」と記している。

また、神秘体験が強烈にあらわれるときには、光の体験をともなうといわれているが、私自身も激しく燃え上がる光に包まれた。神秘体験はまた、強い肯定的意識と使

命感をあたえるという。

神谷は神秘体験には「小さな自己を越えた大きな力との出会いがある」という。このような経験を経たものには心のなかにある価値体系の変換が起こる。深い苦しみを経験したひとは、他人の評価や自分の所有するものに重きを置かなくなるであろう。

さらに神谷の言葉を引用すると、

死刑囚にも、レプラのひとにも、世のなかからはじき出されたひとにも、平等にひらかれているよろこび。それは人間の生命そのもの、人格そのものから湧きでるものではなかったか。一個の人間として生きとし生けるものと心をかよわせるよろこび。ものの本質をさぐり、考え、学び、理解するよろこび。自然界の、かぎりなくゆたかな形や色や音をこまかく味わいとるよろこび。みずからの生命をそそぎ出して新しい形やイメージをつくり出すよろこび。……こうしたものこそすべてのひとにひらかれている、まじり気のないよろこびで、たとえ盲《めしい》であっても、肢体不自由であっても、少なくともそのどれかは決してうばわれぬものであり、人間としてもっとも大切にするに足るものではなかったか。

このように価値体系の変換を起こしたひとは、人間のもちうる朽ちぬ喜びを知るようになる。執着から自由になった心からは喜びが溢れてくるのである。

神秘体験によって、私の足は地にしっかり着いたように思われる。この時以来私の心は揺らぐことはなかった。私の道をゆく。その道が何かということはわからなかったが、私の前には道が開けているという強い自信に支えられていた。

それほどまでに私を助けてくれた神秘体験とはいったい何だったのであろうか。神秘体験になぜ光を見るのか。現在の脳科学では、まだこのようなことは説明できない。けれども、私にはそれは過剰な神経伝達物質の放出とたくさんのニューロンの同時的な発火のように思われた。それが炎が燃え上がるように感じられたのではなかろうか。その結果、私の脳のなかでは、既存の価値観をあたえる神経回路が崩壊し、新たな回路が形成されたのかもしれない。新たな神経回路が強い信念を醸し出すことによって私を支えてくれているのかもしれない。

仕事とはそのひとが社会のなかで自分を表現する手段の一つである。その機会を奪われるということは、社会から葬り去られることである。私は病気を拒否されるという社会からの締め出しに加えて、仕事を奪われるというもう一つの社会からの締め出しを味わうことになった。

しかし、この強烈な神秘体験を経てから、私は自分という閉じられた宇宙のなかで生きていく力を得たように思う。生きる力が自分の内部から溢れてくるように感じられた。他人の思惑を気にすることなく、自分が自分であることを思いきり楽しめるようになった。

わがゆくて闇ゆえ冴ゆる一筋の道ほのとして灯るがごとし

社会のなかでの自分の位置の確保には何とか明るさが見えてきたが、病気に関しては非常に孤独であった。私は動物的な本能をたいせつにしようと思った。からだの内部からの声にしっかりと耳を傾け、自分で判断していくのである。

医学が発達して、強い権力をもつようになってから、自分のからだの内部からの声に耳を傾けるということがおろそかにされているように思われる。文明の発達もそのような傾向に拍車をかける。

私は歩くことができなくなった。脚には異常はないが、歩くことによって腸が異常に動き、嘔吐《おうと》発作《ほっさ》が誘発されるのである。現場を見たことのない医師はそのことを認めようとはしなかった。しかし、私は自分の感覚を重視して電動車椅子を買った。

私の目的はただ一つ、私に約束された道を突き進むことであった。車椅子を使っていることで医師から耐えがたい言葉を浴びせられたこともあった。ほんとうに車椅子が必要なのかどうかと自分自身で悩むこともあった。けれども人生の目的をもつことは、このような障害を払いのける力をもっていた。

目的とは人間にとってどのような意味をもつのであろうか。目的をはっきりさせると、なぜひとは強くなれるのであろうか。私が神秘体験で見た道が幻であるなら、その道を進むという目的も幻のはずである。このような虚構に向けて、なぜ確固たる信念をもって進むことができるのであろうか。

太平洋サケは、川で生まれたのち、海洋に出て数年を過ごし、ふたたび生まれた川にもどってきて産卵する。サケは生まれた川の水の匂いを覚えているとする説もあるが、遠い海洋からどのようにして生まれた川にもどってくるのであろうか。そして、川の河口から、たくさんのサケがもみ合いながら川の上流に向かっていくさまは凄絶でさえある。サケは何を思い描いて川をのぼっていくのであろうか。

目的が何かはっきりと見えなくても、それに向かって突き進んでいく本能のようなものが動物のからだのなかにあるのであろうか。

チェコの元大統領であり劇作家であったバツラフ・ハベルは、「希望とは望ましい状況を予知することではない。……希望とは精神の持ち方、心の働きである。……つまり事態はいずれ好転すると確信することが希望ではない。結果のいかんを問わず、理にかなうものはあくまで理にかなっているのだという不動の信念こそ希望なのだ」といっている。不動の信念はいかにして生まれるのであろうか。

おそらく、これはそのひとの心のなかでなされる行動の価値評価と関連しているであろう。自分が生きていくうえで何に価値を認めるかということ、または生きる目標をもつということは、生きがい感という言葉で一般に表現されていることではなかろうか。このような視点から生きがいについて考えてみたいと思う。

私の神秘体験におけるもう一つの柱は「大きな力との出会い」といえるものであった。神谷はこの現象を自我の超越と関連させて論じている。どの程度まで自我が超越されたかということは措くとしても、普遍的なこのような心理現象があるのかもしれない。これは宗教の世界ともつながるものであろう。おそらくひとを幸せにする大きな力をもつものと思われる。

これらのことを考えていくことによって、苦しい状況を生き延びる条件あるいは方法というようなものが見えてくるのではなかろうか。つづく二つの章で、自我の超越と生きがいについて考えてみたい。

自我の超越

マイスター・エックハルト

音楽や絵画は私の脳の奥深くに存在する大脳辺縁系《だいのうへんえんけい》に語りかけてきたが、本は言語を通して、大脳新皮質《だいのうしんぴしつ》の問いに答えてくれた。したがって、大脳新皮質は辺縁系よりも細かく価値を問い、意味を問う脳のように思える。したがって、この脳を満足させることはたいへんであるが、満足させられたときの喜びは大きい。

私にもっとも大きな喜びをあたえてくれた本の一つにマイスター・エックハルトの『神の慰めの書』がある。エックハルトは一二六〇年頃に生まれ、一三二七年頃に亡くなったドイツの神学者であり、思想家であった。

しかし、彼は死後間もなく異端とされ、その著作は破棄された。彼の著作をもっているだけで極刑に処せられるという徹底ぶりであったので、六〇〇年後にカトリック教会の禁が解かれ、学聖として祀られるようになったときには、エックハルトに関する文献の収集は非常に困難であった。

エックハルトの思想の根底には、「ものごとに執着してはならない」という考えがあり、これが仏教の教えとおなじであるために、私には非常になじみやすかった。エックハルトは、ものごとに執着しないばかりでなく、自我に執着してもならないという。

新約聖書のマタイ伝第五章第三節に「心の貧しい者は幸いである。天国は彼らのものであるからである」という言葉があるが、エックハルトはここでいう心の貧しい者とは「何も欲することなく、何も知ることなく、何ももつことのない者」であるという。

エックハルトは人間の欲を物と自らの自我への渇望の両面と考える。エックハルトはひとは意志をもってはならないという。ひとが何かに駆り立てられる動機となるものは、真の意味の意志ではなく、それは自我への渇望である。何も欲することのないひととは、何ものにも貪欲でないひとである。ひとは神の意志をおこなうことさえも欲してはならない。これもまた渇望の一つのかたちである。

エックハルトはいう。

＊＊

しかしながら、ほんとうのことをいえば、罪はお前自身にあるのであって、他の何者にもないのである。お前にはそんなことは合点《がてん》がゆかず、そんなふうに思われないとしても、問題はただお前自身の我意なのである。お前がそのことを認めようと認めまいと、お前自身の我意からではなくては、お前の中に不調和《ふちょうわ》などというものは決して起こることはないのである。

＊

人は、もはや自分のものを何らもたないというような境地に到るまでは、どこまでも自分を棄《す》てる練習をしつづけなければならぬ。自ら意識すると否とにかかわらず一切の波瀾《はらん》のもたらす不調和は、ただ我意からのみ生ずるのである。されば我意我欲《がいがよく》を綺麗《きれい》さっぱりと脱却《だっきゃく》して、全意志、全意欲を挙《あ》げて神の善なる、妙なる御意志のなかに己を投げ入れるのがよい。

＊

……それは自己自身を無にしてゆくという仕事である。しかもこの自己を卑《ひく》くし無にしてゆく仕事は、決してもうこれで十分というところまで行くことはありえないのであり、もし神が彼において其の仕事を完成せしめ給わない限り、どこまでも不完全なるものとしてとどまるものである。

＊

そこで人間は、自己本来の意志を放棄《ほうき》し、自己の我を断念《だんねん》し、断乎《だんこ》として神の人間にあたえ給うすべてのことの中へと脱出することが、自己にとって正しく賢明にして快心《かいしん》の業なることを悟《さと》らなければならない。我らの主の、「人もし我に従い来たらんと思わば、己れをすて、己が十字架を負え」（マタイ伝第一六章第二四節参照）との御言は、深くその意を汲《く》めば、そのようなことを意味するのである。すなわち、己が十字架を負えとは、十字架であり苦悩《くのう》であるすべてのものを己れ自身より棄却《ききやく》せよとの謂である！　けだし、己れをすてあますところなく己れ自身より脱出《だつしゆつ》した人にとっては、もはや十字架も苦悩もなく、すべてはただ歓喜《かんき》であり、快心事《かいしんじ》であり、このような人こそ実に神に従い至るからである！

*

すべての考え深い人々よ、注意せられよ、あなた方を完全性に運んでゆくもっとも速い動物、それは苦悩《くのう》である。

**

エックハルトは、人間は自分のもつもの、自分自身あるいは神にさえも縛られ、自由を奪われ、つなぎとめられてはならないという。私たちは、自我を束縛することによって自分自身を疎外し、自己実現を妨げるのである。物や自我に執着することへの渇望から自由になれたひとだけがほんとうの意味で生産的になれる。私たちの人間としての態度のすべて、持ち物、儀礼、善行、知識、思想などが渇望の対象となりうる。これらに執着するとき、私たちの自由は損なわれ、自己実現は妨げられる。

自我の束縛、自己中心性への執着を断ち切れたものは能動的で生産的になれる。エックハルトはこの状態をいろいろな言葉で次のように表現している。「自分の外へ出ること」「沸騰する過程」「生み出す過程」「自らの内にも外にも流れ流れるもの」。

そして、このように生きる人間は、「満たされるにつれて大きくなり、決して満ちることのない器」となるのである。

自我に束縛されたものをタゴールは次のように表現する。

＊＊

「囚人よ、いったい誰がおまえを縛ったのか」

「私のご主人だった」と囚人は言った。「私は富と権力で世界中の誰にも負けないつもりだった。そして私の王のところへ行くべき金銭を自分の宝庫に貯めて置いた。眠くてたまらないときに私はご主人の床に寝た。そして目を醒ましてみると、私は自分の宝庫の囚人になっていた」

「囚人よ、この頑丈な鎖をいったい誰がこしらえたのか」

「私がこしらえた」と囚人は言った。「この鎖を念入りにこしらえた。誰にも負けない力で世界を奴隷にし、自分だけは勝手気儘《きまま》でいられるつもりだった。そこで夜も昼もどんどん火をおこし、遠慮会釈なく鎖を鍛えた。ついに仕事が済んで鎖の環が頑丈に仕上がったとき、気がついてみると縛られたのは私だった」

＊

私の名で閉じ込めてあるもの、その彼はこの土牢の中で泣いている。私はそのまわりを取り巻いて、この塀を築くのに忙しくて暇もない。そしてこの塀が毎日空に向かって伸びて行くにつれて、その暗い陰の中に自分の存在を見失う。

私はこの大きな塀を誇り、塵と砂とで壁を塗り、この名の中に、どんな小さな隙間も残さないように気をつける。そして、こういう気づかいのために、自分の真の存在を見失う。

釈迦

古典仏教は、自我、永続する物質の概念、そして自己の完成への渇望さえもふくめて、いかなる種類の執着も棄て去ることが重要であるという。この点では、エックハルトの思想は、古典仏教と非常によく似ている。

おそらく、ここには人間の心理に普遍的な何かがあるのであろう。自我への執着をも棄てたときに、人間の心はほんとうに自由になり、心的エネルギーが満ちあふれてくるのではなかろうか。すべての執着から自由になった心の状態を説く『般若心経《はんにゃしんぎょう》』を私はくりかえし読んだ。

＊＊

シャーリプトラよ、

この世においては、物質的現象に実体がないのであり、実体がないからこそ、物質的現象で(あり得るので)ある。

実体がないといっても、それは物質的現象を離れてはいない。また、物質的現象は、実体がないことを離れて物質的現象であるのではない。

(このようにして、)およそ物質的現象というものは、すべて、実体がないことである。およそ実体がないということは、物質的現象なのである。

これと同じように、感覚も、表象も、意志も、知識も、すべて実体がないのである。

シャーリプトラよ。

この世においては、すべての存在するものには実体がないという特性がある。生じたということもなく、滅したということもなく、汚れたものでもなく、汚れを離れたものでもなく、減るということもなく、増すということもない。

それゆえにシャーリプトラよ、

実体がないという立場においては、物質的現象もなく、感覚もなく表象もなく、意志もなく、知識もない。眼もなく、耳もなく、鼻もなく、舌もなく、身体もなく、心もなく、かたちもなく、声もなく、香りもなく、触れられる対象もなく、心の対象もない。ものの領域から意識の領域までことごとくないのである。

＊＊

釈迦は、すべての存在を否定して、いっさいのものを相互の関係として捉えた。この世界は主客が一体となっていて実体がない。その唯一全一性を私たちは実感として直感的に把握しなければならない。現象は、実体がないことにおいて、すなわち、あらゆるものと関係し合うことによってはじめて現象として成立しているのである。

このように、物質的存在はたがいに関係し合いながら変化しているのであるから、現象としてはあっても、それ自らを実体として捉えることはできない。したがって、現実には何もないことになり、この状態を「空」という。このようにして釈迦は、存在を抽象化した。

執着心

私たちの苦しみは、すべて執着心に原因がある。執着心は、この世界を自己と対象物にわけて認識する、二元的認識の結果生じるものである。本来、この世のなかのものは一様に存在するだけであって、そこに自己と非自己という判断を加えるのは、私たちの脳の神経回路である。二元的認識によって生み出されたものである。

このようにして、私たちにはものを所有するという欲が生まれた。さらに、未来を予見するという能力によって、この欲は膨れ上がった。私たちの所有欲はかぎりなく増大し、ものへの執着は深まる一方である。ものへの執着は自己中心性の所産であるが、所有欲がさらに自己中心性を膨張させるというような悪循環を起こさせる。

このような悪循環を断ち切り、自我への執着さえも棄てられたときに、私たちは、人間の神経回路が生み出した偏った見方から脱却することができ、宇宙のなかに存在するもの本来の姿にもどることができるのである。

このように一元的な認識を取り戻したときに、私たちは人間としての苦しみから脱却できるということに天才的な宗教家たちは気づいていた。

自己中心性を脱却するということは、広い視野でものを見るということにもつながる。そのような視点に立つことによって、私たちは宇宙の懐に抱かれた自分に気づき、安らぎを覚えることができるのである。

ディートリッヒ・ボンヘッファー

私と同時代を生きたひとびとの著作のなかで、とくに深い感動をあたえてくれたのが、ディートリッヒ・ボンヘッファーの著作である。ボンヘッファーは、一九〇六年に生まれたドイツの神学者である。一九三一年にベルリン大学の講師となるが、一九三三年にヒトラーが政権を握ると、その活動は次第に政治性を帯びてくる。

多くのドイツ・プロテスタント牧師たちのヒトラー批判が生ぬるいとして、ドイツ帝国教会と絶縁して告白教会を組織し、反ナチ教会闘争をはじめた。やがて、告白教会は非合法とされ、一九三六年にボンヘッファーは大学教授資格を剝奪《はくだつ》される。一九三七年には、同士のマルティン・ニーメラーほか二七名が逮捕され、告白教会に対するナチの圧迫が強くなった。

一九四三年一月、マリア・フォン・ヴェデマイアーと婚約。三月には、ヒトラー暗殺計画が失敗し、四月には義兄のドナーニーとともに逮捕される。この政治活動の間に、ボンヘッファーは『服従』『倫理』などの重要な著作を執筆している。

一九四五年四月五日にヒトラーはボンヘッファーを処刑する命令を下した。雪の降る四月八日の日曜日に、ボンヘッファーは同僚の囚人たちのために日曜日の礼拝をおこなった。その直後に、突然一人だけ呼び出され、一五〇キロ離れたフロッセンビュルク強制収容所に運ばれた。到着したのは夜になってからであったが、ただちに簡単な裁判がおこなわれ、死刑を宣告された。

四月九日、まだ夜が明けないうちに、ボンヘッファーは絞首刑に処せられた。ヒトラーが自殺したのは、その三週間後であった。

ボンヘッファーは獄中で手紙を書きつづけ、当時の情勢にもかかわらず、そのかなりのものが家族によって保管されていた。なかでも彼の親友で弟子であり、姪のレナーテの夫でもあったベートゲにあてられた手紙は、思索のうえからももっとも深いものをもっており、感動的である。

年老いた両親と若い婚約者を残した獄中生活で、ボンヘッファーは周囲への思いやりを抑制した筆づかいで綴っている。家族にあてた多くの手紙は、検閲を意識して書かれているが、そのほかに看守の好意によってひそかに運び出された手紙もあった。ボンヘッファーは、卓越した神学者であるカール・バルトの『神なしの神学』から大きな影響を受けている。しかし、獄中での思索を通して、ボンヘッファーはバルトをも越えて、彼独自の思想を確立していく。

＊＊

道徳学的・政治学的・自然科学的な作業仮説としての神は、廃棄され、克服された。だが、哲学的・宗教的な作業仮説としての神も同様だ(フォイエルバッハ!)。これらの作業仮説を倒れるにまかせ、あるいは、とにかく可能な限り広くこれらを排除することは、知的誠実さのひとつなのだ。

＊

いずれにしても、内的な誠実さを勝手に諦めることによってではなく、マタイ一八・三(心をいれかえておさな子のようにならなければ、天国に入ることはできないであろう）の意味において、すなわち悔改めによって、ということはつまり、最後的な誠実さによって、道は開かれる！　そしてわれわれは――「タトエ神ガイナクトモ」――この世の中で生きなければならない。このことを認識することなしに誠実であることはできない。そしてまさにこのことを、われわれは神の前で認識する！　神ご自身がわれわれを強いてこの認識に至らせ給う。このように、われわれが成人することが神の前における自分たちの状態の真実な認識へとわれわれを導くのだ。神は、われわれが神なしに生活を処理できるものとして生きなければならないということを、われわれに知らせる。……神という作業仮説なしにこの世で生きるようにさせる神こそ、われわれが絶えずその前に立っているところの神なのだ。神の前で、神とともに、われわれは神なしに生きる。

＊

神について「非宗教的に」語ろうとするならば、世界に無神性がそれによって何らかの仕方で覆われるのではなく、むしろまさに暴露され、それゆえにこそ驚くべき光が世界を照らすような仕方で語られなければならない。成人した世界はより無神的だが、おそらくそれゆえに成人していない世界よりも神に近いだろう。

……行為だけでなく苦難もまた、自由に至る道なのだ。苦難の中では、自分の事柄を全く自分の手から離して神の御手にゆだねることを許されている、ということの中に解放がある。この意味では、死は人間的自由の冠なのだ。人間の行為が信仰の事柄であるか否かは、その人間が自分の苦難を彼の行為の継続として、自由の完成として理解しているか否かということで決まる。このことはとても重要で、しかもとても慰め深いことだと思う。

小さい自己

かつて、私たちの祖先は、木にも石にも山にも、すべてのものに神の存在を感じていた。自我の確立につれて、私たちは人格神を信じるようになる。しかし、科学は神の存在を否定してしまった。それにもかかわらず、私たちは神の存在を感じることがある。

自己中心的な視点に立てば、自分は宇宙の中心であり、無限に大きい存在である。しかし、自我を離れてみると、自己は宇宙のなかのかぎりなく小さい存在であることに気づき、自分を取り巻くものの大きさに圧倒されるのである。自我を離れれば離れるほど、私たちは宇宙と渾然一体となった自分を感じ、宇宙の懐に抱かれている自分を感じるのである。私たちは、脳回路のどこかで自分の本来の姿を感じる力をもっているのではなかろうか。

私が神秘体験のなかで遭遇したあのふしぎな宇宙との一体感の正体がおぼろげながらわかってきたような気がする。なぜ、あのようなことが瞬時に起こったかは依然としてよくわからないが、人間の心理現象としてこのようなことが起こるのであろう。

宇宙のなかのかぎりなく小さい存在である自分に気づくことは、かぎりなく謙虚になることでもある。謙虚になれば、感謝の念や優しさも生まれる。人間のもついろいろな苦しみからも解放される。

これが人格神を超越した宗教心ではなかろうか。科学は神を否定した。しかし、私たちは、その先にある偉大なものの存在を見据えているのである。私たちの心のなかには、その偉大なる存在のなかの小さな自分を認識する能力が備わっているように思われる。意識はこのようなものを認識する方向に進化していると私には感じられる。

ふたたびタゴールの言葉を聴こう。

＊＊

わが神よ、ただ一心にあなたに帰命《きみょう》して、私の感覚をすべて差し伸べ、あなたの足許に跪《ひざまず》いてこの世界に触れたい。

七月の雨雲が、まだ降りやらぬ夕立をはらんで低く垂れ下がっているように、ただ一心にあなたに帰命して、あなたの門口に私の心のすべてを捧げたい。

私の歌のすべて、そのさまざまな旋律もろともに、ただひとつの流れに集めて、ただ一心にあなたに帰命して、沈黙の海に流したい。

故郷を慕い、山間の古巣を目指して夜も昼も飛び続ける鴨の群のように、ただ一心にあなたに帰命して、私の生命のすべてを挙げて、永遠の故郷に向かって旅立ちたい。

＊

私はあなたを知っているのだと言って人々に自慢した。人々は私のすべての作品にあなたの姿を見る。人々はやって来て、私に尋ねる「あれは誰だ」。私は何と答えてよいかわからない。私は言う「じつはわからないんだ」。人々は私を責め、蔑んで立ち去る。それでもあなたは微笑んでじっとしている。

私は忘れられないように歌にして、あなたについて物語る。私の胸から秘密が迸《ほとばし》り出る。人々がやって来て私に尋ねる。「おまえの言うのはいったいどういう意味なのか」。私は何と答えてよいのかわからない。私は言う。「その意味はわからないんだ」。人々は微笑み、蔑み切って立ち去る。それでもあなたは微笑んでじっとしている。

自我とは何か

では、自我とは何であろうか。私たちは自分が自分であるということを感じながら、自分としての人格をもって生きている。

カントは、人格とは、その個人の行為に責任のある主体であり、時が経過しても、自己の同一性を不変のものとして意識する何ものかであるという。この自己の同一不変性が自我という概念を支える体験的な事実である。

自己の同一不変性については、次のようにわけて考えると問題がはっきりすると神経生理学者エックルスは述べている。すなわち、私たちが一般に「自分」という言葉で表現する存在は、

(一)意識の主体である自我

(二)同一性の意識される自己

(三)他者に同一性を認識される人格(これは自我の形作る真の意味の人格とは異なる)

の三つの面があるということである。自我とその全一性は、他に還元することのできない存在の意識が教えるものであり、私たちは、さまざまな内的体験や、記憶、思考、欲望のすべてが、この自我を主体にして生じることを直感する。一方、(二)の意味の

自己は意識の対象であって、自分はこれこれだという知識に支えられている。したがってその存在はほとんど記憶に依存し、記憶の喪失は自己同一性を失わせる。(三)の意味の人格は、自分について他者がもっている知識に依存する存在である。

エックルスも指摘しているように、(二)と(三)は記憶に依存するものであるが、(一)の自我意識は記憶と無関係に私たちの心に内在するものである。なぜ、私たちが全一性を感じるかということは、現在の脳科学ではまだ説明できない。

私たちの脳は、おおざっぱに見ると、次のような部分から成り立っている。生きていくうえで基本的な呼吸や心臓の拍動などをつかさどる脳幹《のうかん》、感情や記憶をつかさどる大脳辺縁系、理性の脳である大脳新皮質。これらの脳の部分の間では神経細胞の間に密接な連絡がとられている。

このような連絡があることだけからも、呼吸をしている自分と、ものを考えている自分の同一性は感じられるのではなかろうか。自我といい、魂というと、何か神秘的で謎に包まれたものを考えがちであるが、すべて神経回路の問題として説明できるであろうと私は考えている。

＊

あなたの心は黙して語らないが昼と夜の秘密を知っている。
しかしあなたの耳は心の知が語るのを聴きたいと思う。
あなたはすでに心が知っていることを言葉で知りたいと思う。
あなたは夢の纏《まと》う衣を脱がせてその裸体に触れたいと願う。

それでよいのだ。
隠れたあなたの魂の泉はわき上がり
ささやきながら海に流れていくにちがいない。
そしてあなたの宝そのものである無限の深みは
あなたの目の前にあらわれるであろう。
けれどもあなたの未知の宝をはかってはならない。
あなたの知識の深さを竿《さお》や綱ではかってはならない。
なぜなら自己は無限でありはかることのできない海なのだから。

「私は絶対的な真理を見つけた」といわずに
「ひとつの真理を見つけた」といいなさい。
「魂の歩く道を見つけた」といってはならない。
むしろ「私の道の上を歩く魂にあった」といいなさい。
なぜかというと魂というものはすべての道の上を歩くものだから。
魂はひとつの直線の上を歩くのではないし
葦《あし》のように長く伸びることもない。
魂は蓮《はす》の無数の花びらのように開くのである。

（K・ジブラーン）

情報の統合

私たちは、ものを見るときに対象物を細かい線にわけて認識している。たとえば、三角定規が目の前にあったとしよう。脳の視覚野《しかくや》と呼ばれる領域には、それぞれ異なった角度の線分に反応する細胞がある。三角定規の外郭は、角度のちがう線分に分断されて、異なった細胞によって認識される。それぞれの細胞が認識した情報はふたたび統合されて、三角定規として認識される。

ある傾きの線分に反応する細胞は、集まって円筒をなしている。少しずつちがった角度の線分に反応する細胞が規則正しく集まって、モジュールと呼ばれる集団をつくっている。モジュールというのは神経細胞の機能単位であり、ふつうは四〇〇〇個くらいの細胞が集まってできている。異なった角度の線分に反応する細胞の集まりもこのような神経細胞の機能単位の一つである。

神経細胞がモジュール構造をとっているのは、理性の脳といわれる大脳新皮質である。大脳新皮質の表面は、およそ九〇×五〇平方センチメートルの面積をもつが、そのなかに直径〇・二ミリメートルのモジュールが二〇〇万～三〇〇万個並んでいる。それぞれのモジュールが情報処理の機能単位として働き、その結果、神経活動はモジュールの活性化の時空パターンがつくりだすことになる。

これらのモジュールは、おたがいに連絡をとっている。さらに、脳のいろいろな部分に入った情報をもっと高次に統合する働きをもつ脳の領域のあることもわかっている。脳に伝えられた情報は、階層的に統合されていく。

このような統合は、理性脳にかぎられた現象ではなく、脳幹や大脳辺縁系からの情報も組み込まれていく。その結果、意識の主体としての自我が生じるのではなかろうか。情報が統合されて、一点に収斂《しゅうれん》すれば、当然そこに中心が生まれるであろう。このような脳の構造と機能が自我意識を生み出しているのではないかと私は考えている。

脳のいろいろな部分からくる情報が、問題なく統合されるときには、私たちの心は平穏で幸せであるが、その間に不均衡な状況が生じると、私たちは悩むことになる。

自我の超越

このように私たちの脳は、からだの各部からくる情報を一つの焦点に統合して自我意識を生み出しているのではなかろうか。その結果、単眼のレンズで世界をのぞくように、自分という視点に縛られた非常に狭いものの見方が生まれる。

さらに脳が進化してくると、前頭葉《ぜんとうよう》や連合野《れんごうや》の発達により、もっと広い視点で情報を統合することができるようになる。すると、自分を相対的に見ることができるようになり、他人の気持ちを思いやることができるようになる。

生物の世界では、自分を増やすことに成功した個体が生き残って増えているはずである。生物は自己の利益だけを考えるようにつくられているということもできる。その結果、所有欲が発達し、ものに執着するようになった。

ものに執着することが、苦しみを生み出すことに気づいたひとびとは、自我を棄てるように呼びかける。キリスト、釈迦、エックハルト、タゴール、ジブラーン、ボンヘッファーも言葉はちがうが、皆おなじことをいっていると私には感じられる。

自我を棄てるというよりは、自我を超越するという言葉の方が適切ではなかろうか。自己中心性を脱却して、自我に対する執着を棄てることである。こうして自分の苦悩から自由になると同時に、他人を思いやる心が生まれる。完全に自我を超越したものが神であろう。

生物は本来、自己の利益にしたがって行動するはずのものであるが、ここに利他的な心が生まれる。これは自己の生存にとっては矛盾した心である。進化の法則とは相容れない心が生まれた。

そして、このような慈悲心を好ましいものであると感じる心まで私たちはもっている。なぜ、人間の脳がこのような方向に進化しだしたのか、われわれはどこへいくのか、たいへん興味深いことであるが、私もまた、慈悲心を美しいものであると思う心をもっている。

ジブラーンは歌う。

＊＊

あなた方の魂はしばしば戦場となる。
そこでは理性と分別が情熱の欲望に対して戦いを挑む。
あなた方の魂に平和をもたらし

心のなかの不調和と理性と欲望の対立を
調和と美しい旋律に変える力が私にあるとよいのだが。
しかしもしあなた方がみずから平和をもたらすものでないならば
いやむしろ理性も情熱もともに愛するものでないならば
どうして私にそのようなことができるであろうか。

あなた方の理性と情熱は船旅をする魂の帆《ほ》と舵《かじ》である。
もし帆か舵のどちらかが壊れれば
あなた方は激しく揺れながら漂うか
海の真ん中に静止してしまうかのどちらかである。
なぜならば理性だけが支配する場合には
それは幽閉する力でしかなく
野放しにされた情熱はみずからを焼き尽くして破壊してしまう。
だからあなた方の理性を情熱の高さまで高揚させるように魂を仕向けなさい。

そうすれば理性は歌うことができるであろう。
さらにあなた方の情熱を理性によって導かせなさい。
あなた方の魂が日々よみがえり
不死鳥のようにみずからの灰の上に舞い上がることができるように。

……………

遠い野原と牧場の平和と静けさのなかで
丘の上の白いポプラの涼しい木陰に座っているときに
あなたの魂に無言でいわせなさい
「神は理性のなかにいる」と。
嵐がきて強い風が森を揺さぶり
雷と稲妻が空の荘厳を宣言するとき
畏敬の念をもって魂にいわせなさい。
「神は情熱のうちに行動する」と。
あなた方は神の世界のひと息であり

神の森の一枚の葉であるから
あなた方もまた理性のうちに休息し
情熱のなかで行動すべきなのである。

＊＊

タゴールはいう。

＊＊

私は密会に行くために一人で出かけた。だがこの沈黙の暗黒の中で私の後をつけてくるのは誰だろう。

その人を避けようとして傍らに寄るが、逃げられない。

その人はいばって歩き、土煙をあげる。私の言う一言一言に対して大声で口を出す。

ご主人さま、その人というのは私の小さな自我です。恥知らずです。でも私はその人といっしょにあなたを訪ねるのは恥ずかしい。

＊

私はあなたが神であると知って、離れているが……あなたが私の自我であることを知らず、近づこうともしない。私はあなたがわが父であると知って、あなたの足許に平伏《ひれふ》すが……友としてあなたの手を取ろうともしない。

あなたが降りてきて私の自我だと告げる場所に立ち、あなたを胸に抱きしめ、あなたを私の伴侶として受け入れようともしない。

あなたは私の兄弟の中の兄弟であるが、私は自分の兄弟たちのことを顧みず、私の所得を彼らに分けてやらないので、すべてのものをあなたと分かち合うことにならない。

楽しい時も苦しい時も、私は人人の側に立たないので、あなたの傍らに立つことにならない。私は自分の生命を捨てることをためらうので、大いなる生命の海に身を投じることにならない。

生きがい

生きがい感

私は神秘体験によって生きる目的をあたえられたと思う。また、生きがい感に大きな変化があったように感じられる。生きがいと感じられるものの価値観が変わったとでもいいあらわされるであろうか。では、生きがいとは何であろうか。

一〇〇年に近い生涯を何の障壁にもぶつからずに安泰に過ごすひともいる。その一方で、次から次へと問題を抱え込むひともいる。自分の力では、どうにもならないものに、人生の行く手を阻《はば》まれてしまったときには、この悲しみと苦しみに満ちた人生は生きるに値するものであるかという疑問が頭を持ち上げてくるであろう。この問いに答えられない場合には、生きがいを喪失することになる。

生きがい感は、衣食が満ち足りているというだけでは得られない。すべてが満たされているときには、生きがいは感じにくいものである。あまりになめらかな生の流れは倦怠感をもたらす。しかし、苦しみが大きすぎるときには、ひとは存在の根底を揺さぶられ、生きていく道しるべを見失ってしまう。

生きがいとは何かということを真剣に考えていたときに、神谷美恵子の『生きがいについて』が出版された。生きがいについて精神医学的な観点から多角的に探求されたこの本を私はくりかえし読んだ。そして、人間は一般に生きるために生きがいと呼ばれるものを必要とすると考えてもよさそうだという結論に達した。私は神谷美恵子の生きがい論を根底にして出発することになる。

さらに、なぜ人間は生きがいを求めるかという疑問から、私は、人間がどのようにして価値判断をしているかという問題にまで考えを進めていくことになる。この点については次の章で述べることにして、この章では、生きがいそのものについて考えてみたいと思う。

神谷美恵子は、生きがいとは、生きるために必要なこころの「はり」であるという。ひとを生きがい追求へと追いやる内在的な力として、神谷は次の欲求を挙げる。

生存充実感への欲求

変化への欲求
未来性への欲求
反響への欲求
自由への欲求
自己実現への欲求
意味と価値への欲求

おそらくこれらの欲求は、人間の根元的な欲求なのであろう。私たちは生存のために、酸素や食べ物への欲求をもつのとおなじように、これらの精神的な欲求ももつのかもしれない。

生存充実感への欲求

生存充実感というのは、生の内容が豊かに充実している感じである。ただ漫然と日々を過ごすというのではなく、適度の抵抗感がなければ、生きている時間の重みは感じられないであろう。ここで生の内容を満たすものとしては、喜び、希望、達成感など快い感情をともなうものでなければならない。

しかし、これらの欲求には個人差があって、このようなものを貪欲に激しく求めるひともあれば、ささやかな身辺の変化のなかに喜びを見いだせるひともいる。小さいことのなかに喜びを感じられるひとの方が、人生を生きやすいものと感じるであろう。

変化への欲求・未来性への欲求

生存充実感への欲求は、変化への欲求とも密接に関連している。生を満たすものは、つねに変化していなければならない。ひとは変化のない生活には耐えられないものである。

幼児の遊びを見ていると、すぐに飽きてしまって、一つことに集中するということがない。このような人間の本性が、進化の途上で何らかの有利性をもっていて、代々受け継がれてきたのであろう。

この変化もただの変化ではなく、発展性と未来性をもっているものを私たちは好む。私たちのこのような本性が、生存にとって有利なのであろう。抑鬱的《よくうつてき》に消極的に生きることより、未来に夢と希望を描いて突き進んでいくように、私たちがプログラムされているということは興味深いことである。

反響への欲求

生きがいのなかには周囲からの反響という要素がふくまれている。私たちの人格は、周囲のひととの対話形式によって形成されていくが、その経験を通して、自我の輪郭が次第にはっきりとし、他と区別されていく。

神経回路が応答形式でつくられていくのであれば、反響を求める心は、人間のなかに生得的に備わっていると考えてよいであろう。その反響も、自分の存在を受け入れてもらうようなものでなければならない。

おさな子を見ていると、生後三〜四カ月で相手の反応に注意を払うし、ほめられると喜びをあらわす。チンパンジーはもちろんのこと、イヌにもこのような習性はある。おそらく、社会性をもつ動物にとっては、非常に原初的な欲求なのであろう。そのように基本的な欲求が満たされるということは、生きがいを感じるうえで重要なはずである。

自由への欲求

アスファルトを突き破って伸びてくる雑草や、岩場のわずかな土に根を下ろして生えている草花を見ると感動することがある。しかし、生物というのは、本来このような生命力に溢れたものであろう。

この溢れ出る力を自由に発揮できたときにひとは生きがいを感じるもののようである。うちから溢れ出る力の発露が妨げられたときに私たちは閉塞感を感じ、生きがい感は削がれることになる。

自分が主体性をもって行動することは、大きな喜びである。自由な振る舞いを許された幼児の生きいきとした表情は私たちに本来備わっている自律性の証であろう。

その反面、私たちはひとに依存したい欲求ももっている。しかし、主体性をもって、自由に生きることが大きな生きがい感を生むものであり、他律的、依存的な態度では生きがいは望めないであろう。

自己実現への欲求

生きがいを求める心には、自分のもつ可能性を最大限に発揮したいという欲求がある。この欲求をもつことは生物として生存に成功するためには、重要な能力であり、むしろ当然のことといえるかもしれない。

したがって、この欲求を満足させてやることが、充実して生きるうえで重要であるということは容易に察することができる。一つの目的に向かって、自分のもてる力を燃焼し尽くしたときに、ひとはその成果のいかんを問わず満足するものである。これもおそらく、進化の過程で動物に備わった本性の一つであろう。

意味と価値への欲求

適度に忙しく平穏に過ごしているときには、あまり気づかないことが多いが、私たちは、自分が生きていることに意味や価値を感じたい欲求をもっている。何かで行く手をふさがれると、この欲求は強く表面に浮上してくる。

アメリカの心理学者キャントリルは、人間はあらゆる経験に際して、直感的に価値判断をおこなうようにできているという。このような人間の特性を彼は経験の「価値属性」と呼んでいる。「経験の価値属性の増大」を求める傾向が人間のもっとも普遍的で本質的な欲求であるとキャントリルは考える。

したがって、この欲求を満たしてやることが、生きがい感をあたえることにもなる。この場合の価値判断は、他人からの反響というかたちよりは、自分の尺度で測ったものであるという傾向が強い。他人にいかにほめられようとも、自分自身が納得できなければ意味がないと感じられやすい。そのような意味で、自我と非常に強く結びついた欲求である。

ヴィクトル・フランクル

みずからもナチの強制収容所で過ごした経験をもつオーストリアの心理学者である

フランクルは「人生には発見されるべき価値や意味がある」という。彼は人間を次の三つの観点から定義しようとする。

その第一は「意志の自由」である。フランクルはこれを「いかなる条件がその人に向かってきたとしても、ある態度をとれる自由」と定義している。「われわれの性格や衝動や本能それ自体ではなく、それに対してわれわれがとる態度、それがわれわれを人間たらしめているものである」と彼はいう。

第二は「意味への意志」である。これは「意味と目的を発見し、充足するという人間の基本的努力」と定義される。人間は快楽そのものを求めるのではなく、人生の意味や目的が満たされるときに幸せに感じるという。

フランクルによると、「人間存在は、意味に向かって自己を超越しつつあるのである。そして、意味は人間自身以外のものであり、人間の単なる自己表現以上のものであり、人間の単なる投影以上のものである。意味はつくり出されるものではなく、発見されるものである」。

第三は「人生の意味」である。彼は、私たちが人生に意味を見いだすことのできる三つの主な様式として、創造、体験、態度を挙げている。創造というのは、創造によって彼が世界に何かをあたえるということである。体験というのは、出会いと経験によって彼が世界から何かを受け取るということであり、態度というのは、彼が変えることのできない運命に直面しなければならない場合に、その苦しい状況に対して彼がとる態度である。

いいかえれば、生きる意味は、創造、出会い、生きる姿勢のなかに見いだすことができるということになる。

フランクルは、価値を人間の外に置いて考えているが、私はキャントリルのいうように、価値判断は人間の属性として、本能のなかに組み込まれているものであろうと思う。生きていくということは、価値判断と選択の連続のように思えるのである。

ひとの価値判断は学習によって獲得される部分が多いであろう。学習によって価値判断の神経回路が発達していくのである。しかし、価値判断のための基本的な基準は、本能的な欲求として、遺伝的に決定されている可能性がある。

本能的な欲求のなかには、食欲、飲水欲などの生理的な欲求もふくまれている。これらの欲求は、生きがい感とは関係なく、むしろ、これらの欲求が満たされたときにはじめて、生きがいを求める心が動きだすのではなかろうか。

生きがいを求める心は、自分の存在あるいは行動に価値や意味を求める欲求に根ざしている。これは、本能的な生理的欲求とは根本的にちがうのではなかろうか。食欲、空気飢餓感などの生理的欲求は、最初に発達してきた脳である脳幹《のうかん》と深く関わる欲求であろう。それにひきかえて、自分の存在や行動に価値や意味を求めるという欲求は、ずっと高度な欲求で、おそらく人類でとくによく発達している大脳新皮質《だいのうしんぴしつ》の働きによるものであろう。

生きがい感の生命科学

人間は、自分の存在や行動に価値を求めてやまない動物のようである。価値や意味が感じられないと満たされない。キャントリルがいうように、もし、私たちがすべての経験に際して直感的に価値判断をするようにできているとすると、その根底にはどのような生物学的機構が存在するのであろうか。

価値や意味を求めるというのも、動物のもつ一つの欲求である。まず、欲求とは何かというところから考えてみたい。

欲　求

欲求とは何であろうか。私たちの欲求は、何かをしたいという感情として認識される。そして、条件が許せば、私たちはその感情を満たすような行動をとる。生物が個体の生存や種族維持のために必要とする欲求を知らせる感情とそれにもとづく身体反応を情動《じょうどう》と呼ぶ。

情動には本能的な欲求にもとづく一次性情動と、それから派生した二次性情動がある。一次性情動としては、空腹、渇き、空気飢餓、求温、求冷、眠気、疲労など、生存に不可欠な欲求や異性を求める欲求、子育ての欲求などを知らせる感情とそれにもとづく身体反応がある。

二次性情動は、一次性情動から派生したものである。欲求が満たされたときには、快感、喜び、安心感、エクスタシー、希望などの感情とそれに付随する身体反応が見られる。一方、欲求が満たされないときには、不快、怒り、恐れ、不安などの感情とそれにともなう身体反応があらわれる。

私たちの脳に伝えられたすべての情報が情動を引き起こすわけではない。からだの状態によって、おなじ刺激を快適に感じたり、あるいは不快に感じたりすることをよく経験する。

サルの脳の視床下部《ししょうかぶ》と呼ばれる部分の神経細胞に、細い電極を挿入して、その細胞の活動状況を電位の変化として記録できるようにしておく。

お腹の空いたサルにジュースの入った瓶を見せると強く活動する神経細胞が視床下部にあることがわかっている。サルに瓶を見せるたびに少しずつジュースを飲ませていくと、ジュースを見せたときのこの細胞の反応が少しずつ衰えていく。そして、サルがジュースに飽きた行動を示す時期かその少し前に、その神経細胞はジュースの提示に対して反応しなくなる。

この実験によって示唆されることは、脳のなかには、外から加えられた刺激をそのときの体内環境情報と照らし合わせて、その重要性、すなわち情動的意義を決定する情報処理機構があるということである。ここで、刺激の重要性を判断する基準は個体および種族の維持に役立つかどうかということである。そのような価値判断をするようにわれわれは進化してきたのである。

サルの脳の視床下部にはまた、ブドウ糖をあたえると活動が減少する神経細胞(ブドウ糖感受性細胞)とブドウ糖の血液中の濃度の変化には感受性のない神経細胞(ブドウ糖非感受性細胞)がある。これらの神経細胞に微小電極を差し込んで、その活動状況を調べたところ、ブドウ糖感受性神経細胞は、ブドウ糖の濃度をはじめとする血液の状態に関する情報や内臓からの情報などの体内環境情報を伝えることがわかった。一方、ブドウ糖非感受性細胞は外部情報の処理をおこなう。

このように、ブドウ糖の濃度一つをとってみても、からだのなかのブドウ糖の濃度に関する情報を伝える神経細胞と、ブドウ糖をからだのなかに取り込むという行動を支配している神経細胞がある。動物はブドウ糖の濃度を感じわけるのではなく、濃度の減少は空腹感として感じられ、何かを食べたいという欲求になる。

実験室とはちがって、野生の動物が置かれている状況では空腹になれば獲物を探しにいかなければならない。餌を口に入れるまでには、複雑な価値判断による行動が必要である。そのような価値判断と行動を支配している神経細胞が、体内からの情報としての空腹を知らせる神経細胞とは別に存在するということである。

クリューバーとビュシーの実験

クリューバーとビュシーは、サルで側頭葉《そくとうよう》(大脳皮質《だいのうひしつ》の側面部分)とその周辺域を破壊すると、次のような症状が出ることを発見した。

(一)視覚失認《しかくしつにん》あるいは精神盲(食べられるものと食べられないものとの区別がつかない。新奇なものやヘビなどの恐ろしいものに平気で近づく)。
(二)警戒、恐怖、怒りなどの反応を示さず、また、温順化する。
(三)何でも口に入れて確かめようとする。
(四)生の肉、魚、糞のような正常なサルが食べないものを食べるようになる。
(五)雌雄や異種を問わず性行動をおこなおうとする。この原因の一つは精神盲によるとされている。

この発見のなかでとくに重要なことは、脳の一部を破壊することによって視覚失認、すなわち、外部環境におけるできごとの生物学的意味を評価する能力に障害が起きるということである。

その後の実験で、側頭葉の下部にある扁桃体《へんとうたい》と呼ばれる部分がこれらの症状に特有な情動行動の変化をきたすことが示された。

この実験は、側頭葉皮質－扁桃体間の神経結合あるいは扁桃体そのものが、なまの視覚情報に情動的意味づけをあたえるうえで決定的な役割をはたしているということを示している。

扁桃体あるいはその周辺をふくめた部分を破壊された動物は、外界状況を認知できるし、情動表出にも異常はないが、この二つの機能を脳のなかで結びつけることができなくなる。ヘビを例にとると、扁桃体を破壊された動物は、ヘビを見てヘビだということがわかるし、食べるという行動にも異常はない。しかし、ヘビを食べてよいかどうかという判断ができない。動物は、それぞれの状況において主観的評価を下して行動しているのである。

この発見の一番重要な点は、脳がもつ感覚入力に関する認知過程《にんちかてい》(その刺激の客観的特性の認知)と感覚入力に関する情動的評価過程(その刺激がその時点での体内および外界状況でどのような意味をもつかという主観的評価)とを分離できたということである。認知と情動的評価が正しく結びつけられたときにはじめて正しい行動ができるのである。

扁桃体は大脳《だいのう》辺縁系《へんえんけい》と呼ばれる部分にあり、すでに述べた言葉をもちいれば、感情脳に属している。ここには、脳の各部分から情報が伝達されてくる。理性脳である大《だい》脳《のう》新皮質《しんひしつ》からの入力や脳幹《のうかん》からの入力など、脳の全域と連絡が保たれている。

脳のいろいろな部分から扁桃体への入力があるばかりでなく、扁桃体からも情報は送られている。ヒトでは、前頭葉《ぜんとうよう》(大脳皮質の前部)が傷つけられると、意欲や創造性がなくなり、時間的順序の記憶が損なわれる。さらに、視覚性注意の障害、運動計画性の欠如、行動前の計画と実際の行動の結果とを比較する機能の崩壊などが起こる。

扁桃体を破壊した場合には、すべての刺激‐報酬の連合の形成が損なわれる。一方、前頭葉の一部である前頭眼窩野《ぜんとうがんかや》が損傷を受けた場合には、刺激‐報酬の連合が最初はできるが、途中でルールが変わったときに、最初の連合を崩して新しい刺激と報酬を連合させることができない。ヒトや動物では、前頭眼窩野が損傷を受けた場合に、固執傾向が見られるが、これは、周囲の状況が変わったときに、それにあわせて新たな刺激－報酬の連合を形成できないために起こる障害である。

このような実験結果から、前頭前野《ぜんとうぜんや》の機能の少なくとも一つは、情動行動の発現において、行動を起こすか起こさないかということの決定に関与していると考えられる。扁桃体の神経細胞は、ものの識別に関与していたが、前頭前野の神経細胞は、それが報酬であるか罰であるかということのみを判断して反応する。たとえば、その物体が食べ物であっても食べ物でなくても関係なく、ただ報酬か罰かという観点からだけ反応する。

これらの実験では、結果が煩雑にならないように、単一の刺激について解析しているが、実際の情動反応は、たくさんの感覚情報や記憶にもとづいて高度で複雑な認知情報に依存した評価の結果によって形成される。その反応は、大脳皮質連合野《れんごうや》や海馬《かいば》などから扁桃体に達する高次の情報入力に依存している。扁桃体には、内臓などからの内部情報の入力もあり、それらの情報は外界情報とは独立に、あるいは統合されて評価がおこなわれ、情動行動が発現することになる。

直感的な価値判断

すでに述べたように、キャントリルは、人間はあらゆる経験に際して直感的に価値判断をおこなうようにできているという。彼は心理学者の立場から、このような結論を導いているのであるが、ここで見てきた実験結果は、脳科学の視点からもこの結論が正しいであろうと推測させる。

一口のジュースを飲むにも、からだの内外の情報に照らして、飲むべきかどうかの判断が下されるのである。おそらくすべての情動についてこのような判断がなされ、その結果が検証され、快不快あるいは善感不善感というような評価がなされているのであろう。

扁桃体が価値判断の中心になる脳の部分であるとすると、情動の評価という現象は、動物の進化のかなり早い時期から生じたことになる。私たちの属する脊椎動物（背骨のある動物）は、魚類、両生類、爬虫類、鳥類、哺乳類と進化してきた。扁桃体をふくむ大脳辺縁系は、爬虫類以上の動物でよく発達してくる。

動物が高等になるにつれて、外部の情報を吟味したうえで情動の評価をするということが多くなり、複雑になってきたのではあろうが、移動できるという能力をもっている動物にとっては、行動の価値の評価をするということは、生存や種族維持のために本質的なことなのではなかろうか。

そのような価値評価の機構が、大脳新皮質のとくによく発達した人間で、自分の存在そのものに向けられるということも起こりうるのではなかろうか。自分の行動の一つひとつの価値を考え、行く手にある目標を探り、その意味を考えるということが、脳の発達の帰結として起こってしまったとは考えられないであろうか。

このような評価は、自分の脳の神経回路のなかでなされるという意味で、第三者からの評価とは異なっている。ここで高い評価が得られることが生きがい感と強く関連しているように思われる。生きがい感が自我意識と深く関わっている所以《ゆえん》ではなかろうか。

一九九七年五月一一日。「ディープブルー」と名づけられたコンピューターがチェスの世界チャンピオンにはじめて勝った。ディープブルーは、過去一〇〇年の序盤戦と数十億の終盤戦シナリオのデータベースを搭載している。それは二五六個のチェス専用プロセッサーを搭載した超並列スーパーコンピューターであり、一秒間に数億通りの計算をするという。

一人のチェスの天才チャンピオンに勝つためには、これほどのコンピューターが必要なのである。天才とまでいかない私たちの脳でも、非常に複雑な価値判断がおこなわれているはずである。それらは、直感力とか洞察力とか呼ばれる能力によるとされているが、結局のところ、複雑に入り組んだ脳の神経回路とその情報を伝達する神経伝達物質の働きによるのであろうと私は考えている。

人間はあらゆることに価値判断をしないではいられない動物なのであろう。最初は、摂食や生殖などの生存と種族の維持のために発達してきた機構が、自我意識の発達とともに、自己の存在の価値を求めるという意識にまで進化したのかもしれない。そして、この意識があるときには満たされた達成感をあたえ、あるときには喪失感や満たされない気持ちをあたえるのではなかろうか。動物のもつ価値判断の機構が人間の生きがい感と深く結びついているように思えるのである。

価値基準と教育

脳の神経回路にインプリントされた(刷り込まれた)価値基準によって自分の行動を評価し、いろいろな感情のまにまに生きている私たちであるとすると、そのような価値基準ができあがるまでに何らかの「指導」が必要であろう。神経回路の形成は外部からの刺激に影響されてつくられるものである。

行動の善悪の規範は環境からあたえられるものであり、それが教育の意義であろう。

はっきりした価値観のもとで育てられた子供は、揺るぎのない信念をもつかもしれないが、環境が変化したときには、案外もろく崩れてしまうかもしれない。

それとは反対に、はっきりした価値観も目標もない社会というのは、育っていく子供にとっては自己形成が困難なのではなかろうか。偏差値のみでひとを判断する社会で、望ましい価値観が育つことを望むことはできない。

子供が育っていく環境で、望ましい価値観の提示が必要であると考える反面、成人したひとが、また、老人がいつまでも子供とおなじ価値観を引きずっていてもよいものであろうかという疑問ももつ。

発育盛りの子供にとって、大きな夢を描くことは必要でもあり、微笑ましいことでもある。ひとから賞賛されたいという欲求も強くてよいであろう。

先にあげた神谷の生きがいを求める心のうちのほとんどのもの、変化への欲求、未来性への欲求、反響への欲求、自由への欲求、自己実現への欲求、意味と価値への欲求は、青年期に強く求められるのではなかろうか。これらを強く求めるために青年期特有の悩みが生じるのであろう。

青年期を過ぎると、多くのひとはかなえられなかった欲求のことは忘れて日々の生活に追われてしまう。おそらく大脳新皮質から発せられるこれらの高度な欲求のことは考えないことにして、進化的に見て一段低い欲求である物欲や階級欲を満たすことに汲々として生きることになる。

はたしてそれでよいのであろうか。生きがいを求めて生きることは、所有欲に翻弄されて生きるよりはよいかもしれない。しかし、私には、生きがいを求める心もまた、執着の結果であると思えるのである。

生きがいを求める心も年齢相応に枯れていかなければならないのではなかろうか。青年期には、大いに燃えてぎらぎらするような生きがい感を追求してほしいと思う。しかし、年老いたときには、生きがい感に執着することなく、自らの価値を問うこともなく、この世で何の役にも立たない自分を受容できるだけの包容力を身につけていたいものである。

高齢社会を迎えて、在宅医療や介護保険などの身体的な面への配慮は多少なされている。しかし、高齢者が準備しておかなければならない精神的な側面については、議論も少なく、いまだに壮年期の価値観にしがみついている老人が多いように思われる。

もし、病気をしたことで、私が学んだことがあったとすれば、何の価値もない自分であることを肯《うべな》い、何の意味もない人生を生きることを喜びとすることを学んだことであろう。

幸福感をあたえる物質

幸福感をあたえる物質としては、モルヒネに代表される麻薬がよく知られている。近年、セロトニンなどの神経伝達物質にもそのような働きのあることがわかってきて、注目されている。まず、神経伝達物質について少し考えてみよう。

からだのなかで情報の伝達の役割を担うのが神経細胞である。皮膚に何か冷たいものが触れたとすると、冷たいという情報は、皮膚に分布する神経細胞が関知して、脊《せき》髄《ずい》の神経細胞を通って脳の神経細胞に伝えられる。

神経細胞は、ちょうど電線のような役割をしており、情報は電気的な信号に変えられて神経細胞のなかを伝わっていく。このような働きをするために、神経細胞は多くの場合、長い突起を伸ばしており、かたちのうえからも電線に似ている。一つの神経細胞の末端とそれに隣接する神経細胞の継ぎ目はシナプスと呼ばれている。

シナプスを形成する二つの神経細胞の間には、わずかな隙間があるので、電気的信号はこの隙間を飛び越えることができない。この隙間では、電気信号のかわりに神経伝達物質と呼ばれる物質が情報を伝達する。電気信号が細胞の末端に到達すると、神経伝達物質がシナプスの隙間に放出される。

神経伝達物質を放出した細胞に隣接する神経細胞は、細胞の表面に存在するアンテナのような物質によって、神経伝達物質をキャッチする。このアンテナのような物質のことを受容体《じゆようたい》と呼んでいる。

私たちのからだのなかには、一〇〇種類を越える神経伝達物質が存在し、それぞれの神経伝達物質には、たくさんの種類の受容体が存在する。どの神経伝達物質がどの受容体に結合するかによって、情報の意味がちがってくる。

神経伝達物質と受容体については、現在さかんに研究が進められているが、これらの複雑なからまり合いによって多彩な情報が伝えられ、情動が生じるのであろうと考えられている。

セロトニンは神経伝達物質の一つである。セロトニンは、不安、抑鬱《よくうつ》、強迫神経症、分裂病、肥満、痛み、高血圧、血管の異常、偏頭痛、吐き気などと関連した物質であることがわかっている。

セロトニンには、現在一〇種類の受容体が発見されている。おなじセロトニンという神経伝達物質が、この一〇種類のうちのどの受容体に結合するかということによって、異なった情報が伝達される。

たとえば、5-HT1Aと呼ばれる受容体にセロトニンが結合できないようにすると、性行動の増進、低血圧、食欲増進、低体温などの症状が出てくるが、この受容体は、不安や抑鬱的な感情と深く関わることで注目されている。

5-HTというのは、5-ヒドロキシトリプタミンというセロトニンの正式な化合物名の略である。セロトニンの受容体は、5‐HT1から5‐HT7まで知られており、5‐HT1には四つのサブタイプがある。

セロトニンと抑鬱感情

セロトニンが鬱病や強迫神経症と関わりのある神経伝達物質として注目を浴びてきたのは、プロザックなどの向精神薬が、これらの病気によく効くということがわかったためである。

電気的な情報を伝達してきた神経細胞から放出されたセロトニンは、シナプスの間隙の情報伝達という役割をはたすと、ふたたび、放出した細胞に取り込まれる。この取り込みが起こらないようにすると、セロトニンは何度でも働くことになるので、高濃度のセロトニンが放出されたのとおなじことになる。

セロトニンの取り込みを阻害するような薬品は鬱病や強迫神経症に非常に有効であ

る。現在アメリカで使われているプロザック（商標名、成分はフルオゼチン）、ゾロフト（セルトラリン）、パクシル（パロゼチン）などは、副作用も少なく、すぐれた薬品である。

　これらの薬品が著効を示すということは、鬱病や強迫神経症のような、一見複雑そうに見える病気を支配しているのは、セロトニンというただ一つの神経伝達物質であるという可能性を示唆している。

　脳のなかにどれくらいセロトニンがあるかということは、脳脊髄液のなかのセロトニンの分解産物である５-ＨＩＡＡ（５-水酸化インドール酢酸）の量をはかることによって知ることができる。

　サルの集団のなかでボスになったサルは、脳のなかのセロトニンの量が増え、ボスの座を追われるとセロトニンの量が減るという報告がある。また、子育ての上手な母親は、子育ての下手な母親よりセロトニンの量が多いという報告もある。

　レゼルピンという高血圧の薬は、脳内のセロトニンの量を減少させるが、その結果、薬を服《の》んだひとが鬱状態になり、自殺に追い込まれることさえある。

プロザックなどの薬の効果と考え合わせてみると、セロトニンは人生の充実感や自信、対人関係の良さといった積極的な幸福感をあたえる物質のようである。

セロトニンや受容体の量にはおそらく個人差があるであろう。生まれつきたくさんのセロトニンや受容体をつくれるひともいるし、少量しかつくれないひともいるのかもしれない。

一人っ子で育った女性が母親になると、子育てを上手にできない確率が高く、そのような女性ではセロトニンの量が少ないという調査結果がある。これはあくまでも確率の問題であるが、出生後の生育環境もそのひとがつくるセロトニンの量と関係があるということを示している。

おそらく、脳内のセロトニンの量は、遺伝と環境によってきまり、さらにそのときにそのひとが置かれている状況に左右されるのであろう。そのように考えると、生きがい感を得やすいひともあり、得にくいひともあるということが容易に察せられる。

生きがい感を生む物質がセロトニンやその受容体だけとはかぎらないし、その量にだけ依存しているとも思えない。しかし、私たちが考えるよりはかなり単純な機構で、心理状態が左右される可能性はある。

先人たちが考えてきた生きがい感を生む方法は、セロトニンのような物質の合成を促進し、その働きをうながすようなものだったのかもしれない。そうだとすると、目的と価値観によってはっきりとした方向づけの枠組みをあたえることが神経回路の活性を高め、ひいては、神経伝達物質の合成や機能を高めることもありえないことではない。

もし、神経伝達物質や受容体の量に個人差があるとすれば、自分にあたえられた物質の量のなかで、より豊かに生きることをそれぞれのひとが模索することになるのであろう。

病床より

心の旅路

からだを動かすことができなくなってから、私は自然に心のなかに深く入り込んでいった。心とは何と広いものであろうか。いけどもいけども果てしなくつづく心。夏雲のむくむくと湧きあがる空を旅するように、爽快なスリルに満ちた旅路が私のからだのなかに準備されていることを発見した。

汲めどもつきぬ味わいに満ちて、心はときには湧きいづる泉の水のようである。また、ときには美しい音色を響かせることもある。グレゴリオ聖歌のような霊鎮めの音色から張り裂けるような喜びの音色まで、心の響きは宇宙の鼓動と溶け合って空間を満たし流れるのであった。

心そのものが鳴りいづるのとは別に、あたえられた音によって心がかき鳴らされることがある。音楽に心が感応するときである。おなじピアノの音でも聞き慣れていくうちに微妙な音色のちがいがまるでちがったイメージを生み出すことがわかってきた。おなじ楽譜にもたくさんの表現があり、たくさんの感応がある。

私が病床で音楽から受けた恩恵ははかりしれない。もし、この世に音楽がなかったら、私の人生はかなり殺風景なものになっていたであろう。私は音楽を演奏する才能はまったく持ち合わせない。けれども聴いて楽しむ能力をあたえられたことには、どれだけ感謝してもしつくせないものがある。

からだの状態は、音楽の嗜好《しこう》にも敏感に反応する。具合の悪いときは、からだが音楽を拒否する。もし、音楽を聴きたいという気持ちが出てきたら、病気は快方に向かいはじめたといえる。オペラや交響曲は聴くのに大きなエネルギーを必要とする。体力が落ちたときに最後まで聴けるのは、バッハやそれ以前のヴィクトリアやシュッツの音楽であり、その次がモーツァルトである。

自然の美しさとともに

ベッドに身を横たえて過ごすようになり、時間がゆったりと流れるようになってから、四季の移り変わりや一日の時間の推移などを鋭敏に感じるようになった。草花の美しさや小鳥の様子、月の動きなども、以前にもまして細やかに眺めるようになった。温かい病床にあっても、やはり冬は暗い季節である。裸樹のみが澄んだ空を突き、土はしらじらと冷え切っている。そんな情景を短歌という短い詩に切り取ってみるのも病床の慰めである。

すぎ苔も暗きみどりを低くして地鳴りのごとく凍土に耐える
枯れ芝に真白き雪は凍りつき葉先を研ぎぬ青を増すまで

絞るごとき総身のしびれ耐えにたえ視野にかすれる紫の花

散るまでの束の間さえも永遠《とわ》のごと花ふかぶかと咲き静もれる

ほぐれゆく白き藤房雨に濡れ暮れゆく鈍《にび》の空に沈めり

天地になお明かりあり花合歓《ねむ》は薄くれないにぼうと煙りて

ふんわりと柔らかい日が落ちていくつくつくぼうしが呼び止めている

蟬ぜみの鼻洗うごと吹く風に遠《おち》より乗りてかなかなの声

高原に吹かるる馬の目のかげり深まる秋を臥所にて恋う

ひそかにも青磁の翳りふかまりて花ほととぎす咲き盛るなり

ひっそりと竿竹売りが帰りゆく竿竹売りの声も立てずに

白緑《びゃくろく》の陶の肌《はだえ》の冷え著《し》るく山茶花《さざんか》一つ紅をひらきぬ

からからと地に落ち葉鳴りあきあかね青透く宙に浮きて音なし

冬樹々のなかでいのちは立っている眠れば死ぬと思うがごとく

病床にも秋は深まり、ふたたび冬がやってくる。季節がまちがいなく巡ることも大きな喜びであり、深い感謝の念を呼び覚まされる。

言葉によって呼び覚まされるイメージは無限である。じっとベッドに横たわったまま、口のなかで飴玉を転がすように、私は一つひとつの言葉の広がりを楽しんだ。ひとつの言葉から流れ出るイメージは、もうひとつの言葉の醸し出すイメージと混じり合って馥郁《ふくいく》とした香りを放つ。イメージの色彩と香りのなかに、私は時のたつのも忘れて浸りきっている。

絵もまた私の心のなかに限りないイメージを広げてくれるものである。朝夕おなじ場所に動けないでいると、身の回りにある絵画や調度品の色彩や線が気になりだす。それだけに美しいものがかたわらにあるときの喜びはひとしおである。

肉体を離れて心だけで生きる生活は、たいへん豊かである。それでもその豊かさを支えてくれているのは、からだのなかの化学反応である。動けないといっても、生きている私。その生命の灯を見つめ、炎の色合いの変化を味わいつつ日を重ねていく。

＊＊

虐げられたり傷ついた人々はいう
「美は親切で優しいものである
みずからの輝きにはにかむ若い母親のように
美は私たちの間を歩き回る」と。
情熱家はいう
「いや、美は力強く畏怖の念をおこさせるものである。
ちょうど嵐のように、美は大地を揺すり空を揺るがす」
……………
あなた方が述べたことはすべて
美についてではなく

満たされない心について語っているに過ぎない。
美とは欲求ではなく忘我の境地である。
美とは渇きでも物乞いの手でもなく、
燃えあがる心であり魅惑された魂である。

美はあなたの目の前に浮かぶイメージでもなく
耳に聞こえる歌でもない、
それはあなたが目を閉じたときに見えるイメージであり
耳をふさいだときに聞こえる歌である。
美は切り込みを入れた樹の幹から滴る樹液でもなく
鉤爪《かぎづめ》のある脚のかたわらの翼でもない
それは永久《とわ》に花の咲きつづける庭であり
永遠に飛翔する天使の群である。

オーファリーズの人々よ、
美はヴェールの蔭から聖なる顔をあらわしたいのちである。
そしてあなた方がそのいのちでありまたヴェールなのである。
美は鏡のなかにおのれを見つめている永遠である。
そしてあなた方が永遠であり鏡なのである。

（K・ジブラーン）

＊＊

動けなくなって最初に無念に思ったものの一つに、デパートの食器売り場にいけないという不自由があった。存在感のある焼き物や繊細な線をもつ食器、軽やかな音の聞こえるようなガラス器など、眺めているだけで満たされるものがあった。

どれも高価なものであるから、次々に買うことはできないが、眺めてまわることが私の楽しみの一つになっていた。動けなくなってからは、本で眺めて楽しんでいたが、やがて諦めることができた。

さらに病状が進行してくると、すでに家にあるものをかたづけることさえできなくなってきた。どんな美しい食器のカタログを見ても、もう私には用のないものだということが身に沁みてわかった。今生には私に縁のない美しいものたち。人生にはそういうときがくるのだということをかみしめた。

そのことに気づいてみると、人生には楽しむべきときというものがあることに気づく。家具が必要であり、それを使うことを楽しめるとき、美しい衣服が似合うとき、お化粧品を楽しめるとき……。そんなときにそこにお金をつぎ込んで思い切り楽しんでおくのがたいせつなことなのだと人生の終わりになって気づいた。楽しめる時期は短いのである。

そして、年老いたら美しい思い出に浸りながら、心の旅路を思い切り楽しみたいものである。

時　間

どの子供にとっても、時計というものは非常に興味をそそられるものではなかろうか。私も、ものごころつくようになってから、家のなかの時計に興味をもった。とくに柱に掛かっていた大きな振り子時計は、生き物のようにいつも私を見つめていたし、私もその時計を心のなかに住まわせていた。無意識のうちに時間というものが私の心のなかに住みついたのは、この時計のせいであると思う。

この柱時計をまだ若かった両親が街の時計屋で買ったときのことも、おぼろげに覚えている。あまり上等ではないが、音色がやわらかいということで選ばれた時計は、大きな風呂敷にくるんでたいせつに時計屋から運び出された。

家に帰ると、父が奥の間の柱にその時計を掛けた。しかし、いつからかその時計は二階の六畳の柱に移され、私が五歳になったころには、母がよくミシンを踏んでいるそばでこちこちと音をたてていた。

せわしげにミシンを踏む母は、顔を上げずに私に「今何時？」とよく聞いた。はじめのころ私は「長い針は四の上で、短い針は一〇と一一の間よ」というような答え方をしていた。しかしそのうちに「今、何時何分」と正確に時計を読めるようになった。

次に気になったことは、時計の針がいつ動くのかということ、長い針と短い針が重なるときにどうなるのかということであった。時計の針はいつの間にか動いて滞りなくまわるのであるが、そのためにはいつか動かなければならない。ところが幼い子供には、どうしても針の動く瞬間を見届けることができなかった。

時計の針は、私の目に感じられない速度でゆっくりとなめらかに動くのか、それとも時々がくんと動くのにその瞬間を私が見ることができないのかという二つの可能性のどちらかであろうと私は時計を見つめつづけたが、ついに針の動きを見ることはできなかった。

このようにして、私の心に物理的時間というものが刻み込まれた。時は一定の速度で刻まれるものであり、その速度はいつでも一定で変化することがないということを疑えないように、私の心への「時の刷り込み」はおこなわれたのである。

私がこの法則にはじめて疑問をもったのは、それから二〇年以上たってからのことである。お勝手で洗い物をしていた私は、子供が階段で足を滑らせた物音に気づいた。エプロンで手を拭きながら階段に向かって走ったが、子供は弧を描きながら階段を落ちてくる。一回転ごとに頭が階段にぶつかる。

それはほんの数秒という時間であったはずであるが、私はまるでスローモーションのように子供が階段を落ちるさまを見た。あっという間のできごとが何倍にも引き延ばされて見えたのである。時間が伸びたのである。

物理的時間はおなじであったはずであるが、心理的時間は変わるものであるということを私ははじめて経験した。なぜであろうか。そのときの神経の集中度によって、時間は変わるのではなかろうか。

そのように考えると、楽しい時間ははやく過ぎ、苦しい時間は長く感じられるということを私たちは日常に経験していることにも気づいた。自動車が衝突するときに迫ってくる壁、飛び降り自殺するひとが地面に着くまでの時間などというのは、異常に長いのではなかろうか。

さらに親を看取り自分が年老いてみて、年を取るにつれて心理的時間は短くなるのではないかと思うようになった。子供のときの一日は長かった。遊んでも遊んでも日は高く、ぐっすりと昼寝をして起きても、まだ暮れなかった。

一日が長ければ、一週間も一ヵ月も一年も長かった。お正月などというのは一度すんでしまったら、いつ巡ってくるかわからないほど待ち遠しかった。何もかも待ち遠しかった。

年を重ねるにつれて、時間のたち方がはやくなった。老いた両親に聞くと年を取るほどはやくなるという。それでも私は、子供のときより忙しくなるために、はやく感じるのであろうと思っていた。

しかし、六〇年近い歳月を生きた今、毎日動けずに病床にいるのに、時間は信じられないほどのはやさで過ぎていくのである。冬も春も夏も秋も飛ぶように過ぎていく。子供のころの一〇倍のはやさで過ぎるのではなかろうか。

年を取ると動作が緩慢になる。これは内面の神経の伝導度のあらわれではなかろうか。年を取るにつれて、すべてに神経の動きが緩やかになるとすると、心理的な時間は相対的に短くなってもよい。

おさな子の活発な動きの時代から、少しずつ私たちの神経は反応が鈍くなっていくのではなかろうか。そして、年老いたときには自然の音を肌身に感じられるほどの緩やかさのなかで、宇宙に包まれて生きるところまで神経の活動は穏やかになるのではないか。私にはそのように感じられる。

相対的には短く感じられるが、刻々の移ろいがゆったりと感じられる時間のなかで、私に残された時間を慈しんで過ごすことができる。

＊＊

あなたは限りなくつづきはかることのできない時間をはかりたいと思っている。
あなたの行為を時間や季節にしたがって調整し
あなたの魂の行方さえ時間や季節にしたがって導きたいと願っている。
あなたは時間の川をつくってその岸に座って流れをみたいと願う。
けれどもあなたのなかの時間を超越したものが
生命もまた時間を超越していることに気づいている。
昨日は今日の思い出に過ぎず明日は昨日の夢に過ぎないということも知っている。
それは星々が宇宙にまき散らされたあの最初の動きの躍動のなかに

あなたのなかで歌い瞑想するものがいまだに住んでいるということを知っている。
愛する力が限りないものであると感じないものがいるであろうか。
愛は無限ではあるけれど
みずからの存在の中心に包み込まれていると感じないものがいるであろうか。
愛する気持ちは愛する気持ちへ
愛の行いは愛の行いへと移行するものであると感じないものがいるであろうか。
時間もまた愛とおなじようにわかつことができず
空間的な広がりをもたないのではなかろうか。

もしあなたが時間を季節に区切る必要があると感じるのなら
ひとつの季節のなかに他のすべての季節を包み込みなさい。
そして今日という日のなかに追憶とともに過去が
あこがれとともに未来が包み込まれているようにしなさい。

（K・ジブラーン）

自分を無にする

私たちは他のひとが懸命に生きている姿に感動したり勇気づけられたりすることがある。これはどのような精神作用によるのであろうか。この問題をずっと考えてきたが、いまだに私にはよくわからない。私自身は、このような感動の薄い性格ではないかとも思う。

ところが、私が次第に動けなくなっていき、生活が極端に制限されてきたときに、友人から聞いたひとりの男性の生き方にたいへんに励まされた。この男性は、私の友人の小学校時代の同級生である。彼は神経の難病のためにからだと四肢《しし》が麻痺《まひ》している。首も思うように動かせない。

ある年のクラス会にこの男性も電動車椅子に乗って出席した。会の途中で、この男性は小用を足したいから手伝ってほしいと私の友人に頼んだ。友人とあと二人の女性がこころよく頼みに応じた。

ところが、実際にことにあたってみて、三人の女性は当惑した。この男性はからだを支えていなければ立つこともできず、手はまったく使えないのである。すべてを人の手に任せなければ用を足せない。

久しぶりに会った異性の幼友達にこのような手助けをさりげなく頼んだ男性の勇気に私は感動した。そのようにしてまでもクラス会に出席するという積極的な姿勢にも教えられた。

私自身がすべてに介助の必要な状態に陥っていく過程で、何度この男性のことを思って耐えたであろうか。どれだけ励まされたかしれないのである。この男性の清らかさは、私の心に残る灰汁《あく》の強さを示す尺度になった。

この男性は画家であり、毎年個展を開く。絵筆も握れないので、プラスチックの注射筒に絵の具を入れてもらって、絵を描くという。すべてボランティアに支えられた一人暮らしである。

個展で買い上げられた絵は、ボランティアのひとびとに助けられながら、かならず自分で買い手のところに届ける。儀礼を欠かさない人である。

美しく自分を無にするとはこのようなことではなかろうか。

熟成

人生において熟成するということは、緩やかな時間の流れのなかに身を置き、穏やかな価値観にもとづいて行動できるようになれることではなかろうか。あくせくと自分のために働くのではなく、ゆったりとくつろいで、周囲のひとにさりげない気配りをできるひとを私は美しいと感じる。音楽にたとえるなら、ドヴォルザークの「森の静けさ」のようなひとに憧れる。

宇宙の時間に溶け込み静かに流れているようなひと。控えめな温かいまなざし。このようなひとが自分の名誉のために、また利益のために他の人を押しのけて画策するとは思えない。このようなひとのもつ価値観は、自分より他のひとの喜びに重点が置かれているであろう。

若いときからそのような時間のなかにいる必要もなく、そのような価値観で行動する必要もない。ただ、いつまでも熟成しないで、若いままでとどまっているのでは困るのではなかろうか。人生の成長期と死に向かって人生の決算をするときとでは、価値観はちがって当然であるし、ちがわなければならないものであろう。

自己形成の過程では、自己という視点がたいせつである。しかし、いったん完成された人格では、自己は背後に潜み自己を包み込む人格のすみかは、宇宙の一景となって自然に溶け込んでほしいものである。

健康で一生を終えるひとは、年齢に応じてこのような変化をするであろう。しかし、若くして病に倒れた場合には、はやく熟成の時期が訪れるかもしれない。そのひとのもつ心のエネルギーレベルによって、年齢とは関係なく、精神的な成熟が達成されるのではなかろうか。

精神的に熟成したひとの到達点を美しい文章で表現したものとして、ソルジェニツィンの『ガン病棟』のなかの一節を私は何度でも引用したいと思う。

＊＊

オルシチェンコフは、最近、こんなふうに休息することが頻繁になっていた。連れ合いに先立たれてからというもの、肉体が力の回復を要求するのに負けず劣らず、精神は、外部の物音や、会話や、仕事の予定など、この人をして医師たらしめているもののすべてから離れて、沈黙の底深く沈むことを要求するのだった。内面の状態は、いわば清めることを、透明化を要求していた。そして今、こんなふうに体を動かさず、押し黙って、心にうかぶもろもろのことを考えるともなく考えていると、心はおのずから清められ、充実して来るのだった。

こんなとき存在理由は……永かった過去から短い未来に至る自分自身の存在理由、そして死んだ妻の、若い孫娘の、一般にすべての人間の存在理由というものは、決して仕事の中にあるのではないよう思われるのであった。人は明けても暮れても仕事にのみ打ち込み、仕事にのみ関心を示し、他人は仕事によってその人を判断するものである。だが存在理由はそこにあるのではなく……一人一人の背後に投げかけられた姿かたちを、どこまで乱さず、揺らめかさず、歪めずに保存し得たかという点にこそ、あるのではなかろうか。ちょうど穏やかな池の面に映った銀色の月のように。

＊＊

この広い宇宙の片隅に、塵ほどでもない存在として生まれた私は、生きることの苦しみを感じ、死ぬことを想い、つねに状況の価値判断によって行動を選択していく。私という視点に立てば、私がこの世のすべてである。

しかし、生命の進化は何をたくらんでいるのか、脳に前頭野《ぜんとうや》や連合野《れんごうや》という部分を発達させてきた。この部分は、広い視点で全体を統合する能力をもっているので、私たちは自己中心性から離れて、自分を客観視する能力を身につけはじめた。

科学があきらかにしたことを知るとともに、このような視点の変化により、私たちは、宇宙のなかのかぎりなく小さい自分を知るようになった。かぎりなく大きな存在としての自分とかぎりなく小さい存在としての自分の矛盾のなかで、自己を調和させつつ生きなければならなくなった。

生きているうちに自分をどこまで小さくできるかということが問われているのではなかろうか。

今宵また誰か死にゆく現世《うつしよ》のあわいに生きる一粒の砂

精神的能動性

エックハルトは、人間が自我を超越すると「満たされるにつれて大きくなり、決して満ちることのない器」になることができるという。

エーリッヒ・フロムは、エックハルトから強い影響を受けた社会心理学者であるが、人間の生き方に「もつ様式によるもの」と「ある様式によるもの」を区別している。「もつ様式」というのは、自我やものに執着した生き方であり、「ある様式」というのは、そのようなものを断ち切った生き方である。

フロムもまた、「ある様式」で生きると、ひとは内面的に能動的になれると述べている。内面的に能動的であるというのは、そのひとにあたえられた才能や能力を生きいきと表現できる状態である。

それは自分を新たにすること、成長すること、溢れ出ること、愛すること、孤立した自我の牢獄を超越すること、関心をもつこと、あたえることなどを意味するとフロムはいう。しかし、これらの経験を言葉で表現することはできない。経験を思想と言葉で表現した瞬間に、その経験は消えてしまう。経験を言葉であらわすことは不可能であって、経験をわかち合うことによってのみ伝達可能であるとフロムは述べている。

このような内的能動性の状態では、ひとは能動性の主体としての自己を経験する。私がその能動性の中心であるという経験である。この能動性はまた、何かを生産する過程であり、私の力のあらわれである。ほかでもないこの私が何かを生産するという創造的な過程である。

ここでいう生産性や創造性というのは、芸術家のように何か新しいもの、あるいは独創的なものを創造することをいっているのではない。そのひとが何をつくりだすかということではなく、能動性そのもののもつ特質をいうのである。別の表現を使えば、感受性の高まりということができよう。

一輪の花のもつ美しさを自己の内部に深く経験することのできるひとのなかで進行している精神的な過程は、何も生産しはしないが、創造的である。このような生産性は、すべてのひとがもつものであり、高められる可能性をもっている。

生産的なひとは、触れるもの、見るものすべてを活気づける。鋭い感性をもつひとによって受け取られた対象物は、そのひとの心のなかで励起され、表現されて、ほかのひとびとやものにも活力をあたえるのである。

一つの物を見たときに、脳のなかのそれぞれの部分は、その一部だけしか認識できない。脳は物を部分にわけて認識し、その情報を集積して分類し、カテゴリーごとにまとめて、神経細胞の束のようなところに記録しているのではないかとダマジオたちは考えている。この神経細胞の束の部分からは、脳のたくさんの部分に向けて神経細胞の突起が伸びているので、その間に相互連絡があることになる。いいかえれば、一つの刺激があたえられたときに、脳の離れた部分の神経回路がいっせいに働くことができるということになる。

たとえば、蟬という言葉を聞いたときに、蟬の鳴き声、夏の青い空、あるいは捕虫網をもって駆け回った少年期の思い出などが一気に思い出されるかもしれない。これらの記憶は、脳の異なった部分にたくわえられていると考えられるので、蟬という一つの言葉によって脳のいろいろな部分の神経回路がいっせいに活性化されている可能性がある。

感受性が高くなるということは、音なり言葉なり、一つの鍵になるものがあたえられたときに、それによって活性化される神経回路が多くなることではなかろうか。一つの刺激によって豊かなイメージが湧く状態ともいえるかもしれない。その心の状態が、他のひとにも刺激をあたえるというようにして、能動性は生まれるのではなかろうか。

自我を超越すると、なぜひとは能動的になれるのかということはわからないが、多くの先人たちが経験的にそのように語っている。

たしかに病気をすることによって、感受性は研ぎ澄まされる。それは、ゆったりした時間のなかに身を置くせいか、病気のために精神的な変化がもたらされるのか、よくはわからないが、何かが変化する。

フロムの述べるような象徴的な生産性ばかりでなく、実際に心のなかから溢れるものは、表現のかたちを取りたがる。それが、芸術的なものであれ、そのひとにしか意味のないものであれ、結果とは関わりなく、何かを表現し、生産することは心の安定をもたらすと私は感じている。

とくに言葉による表現は、自分の内面にあるものを発散させ、自己を客観的に眺める手段をあたえてくれる。表現にはいろいろな形式があるが、私自身、問題の解決と諦観のために、書くということにどれだけ助けられたかわからない。

身に降りかかってくる問題は、分析してみると意外に小さいことがわかることが多い。分析の第一段階は、問題を書き出してみることである。そのなかから、行動に移すことによって解決可能なものと現時点では行動に移せないものとを分類する。

行動に移せるものは、できるだけはやく行動に移し、行動によって解決できないものは、次の機会が訪れるまで心の隅にしまっておくことにする。行動はひとを能動的に積極的にしてくれるし、それによって問題が解決できればそれだけで心が軽くなる。

このようにして、いつも心のなかをきちんと片づけておくことができる。おなじ時間を過ごすなら、整理された澄んだ心で落ち着いて生きたいと思う。そのために、書くことが果たしてくれる役割ははかりしれない。

書くことに専念していると、自分がなくなるときがある。「私」というものが消え失せてしまって、かすかに重い存在である手の先から、言葉は文字となって溢れてくる。考える主体である私はそこには存在せず、すでに書かれるべきものがそこにあって、誰かが私の手を操作しているように感じられる。

泉の水のように、とめどもなく溢れてくる言葉はいったい私のどこに隠されていたのであろうか。溢れ出る言葉は、宇宙の鼓動と響き合って美しいハーモニーを重層させる。

理性脳の論理的な束縛から自由になった心は、白鳥が大空に羽ばたくように私から飛び立っていく。私の言霊《ことだま》は空高く舞い上がり、白い点となって青空のなかに吸い込まれていく。

人生は苦なり

これは釈迦の発見である。何でもないことのように響くかもしれないが、この言葉の真実は偉大な発見であったと私は思う。人間という動物は、地球という惑星の上に、他の生物とともに放り出されている。どのように過酷な運命が襲おうとも、それを受け入れなければならない。

生命の世界には、適者生存という厳しい掟《おきて》がある。生存できるかどうか、子孫を増やせるかどうかは、環境にどれだけ適応しているかということによってのみ測られる。私たちの意志は完全に無視されるのである。

生き物であれば、壊れることがある。時とともに古くなっていく。行き着く先は死である。私たちは死ぬことを予知して恐れる。別離を悲しむ動物である。人生というものは過酷なものである。

けれども、「人生は苦なり」と受け入れてしまえば、人生には喜びが満ちていることが見えてくる。風で一枚の葉がそよぎ、それを私が見ることができるということにさえ、どれだけの奇跡が満ちていることであろうか。

まして、私が人間としてこの世に今存在していることを思うとき、それが苦しい人生であろうとなかろうと、その偶然の積みかさねの重さに圧倒されて自然の前に平伏《ひれふ》さざるをえない。

自然に対する畏敬の念、三六億年という生命の歴史の時間に対する畏れは私の心を無限の感謝で満たすのである。

苦しみに在り果つもまた一瞬《ひととき》の遊びならずや雪の音聴く

病みながら生きる

人生の半分を病とともに過ごしてきて、私は幸せだったのであろうか。このようなことをあらためて考えるようになったのは、ジョンス・ホプキンス大学の精神医学の教授であるK・R・ジャミソン博士の著書 *An Unquiet Mind* を読んでからである。

ジャミソン博士は、みずからも躁鬱病《そううつびょう》でありながら、躁鬱病を専門にする女性の医学者である。この病気がいかにたいへんなものであるかということが、豊かな描写で描かれている。

鬱状態になると、集中力がなくなり、気持ちも重く自殺願望が強くなる。ところが躁状態のときには、サンフランシスコ渓谷にガラガラヘビが出たときにひとびとを助けるためにと、ヘビ毒の除毒キットを買い占めてしまったり、思わず注文した狐の剝《はく》製《せい》が届いたりする。

家のなかは買った品物と包み紙で足の踏み場もないという状態になり、クレジット・カードの支払いができずにお兄さんに支払ってもらう。さらに、このような状態を緩和するために服《の》むリチウムの副作用で、さんざんつらい思いをする。

この病気の苦しさをじっくりと読まされたあとで、ジャミソン博士を診察した精神科医が、「この病気は遺伝病であるから子供をつくらないように」といった言葉に深く傷つく記述が出てくる。

この医師の言葉に対してジャミソン博士は激しく反応する。まず、その医師に向かって、「部屋から出ていくように」といって怒る。自分の持ち物をかき集めると、ドアを荒々しく閉めて、駐車場の自分の車に駆け込んで、疲労困憊《ひろうこんばい》するまで泣くのである。

ジャミソン博士は、この医師の言葉は心臓をぐさりと突き刺す暴力であり、その傷は長く残ったという。博士は、どんなにひどい鬱状態にあるときも、「この世に生まれてこなければよかった」と思ったことは一度もないし、子供を産むまいと思ったこともないことを強調する。生まれてくる子供が自分とおなじ遺伝病をもっていても、産みたい。

ここには、現在問題になっている出生前診断の問題や、障害者差別の問題がふくまれているので、私は先へ読み進むのをやめて考え込んだ。率直にいえば、これだけ苦しい病気をもつ子供を産むことに非常に肯定的なジャミソン博士の考えに驚いたのである。

私の病気は遺伝病ではないが、もし、遺伝病であったとしたらどうであろうか。まず、私自身は、この病気とともに生きてきたことを幸せと思っているのであろうか。私は自分の人生を悔いてはいない。たしかに苦しかったが、高い山に登り切ったときのような爽快感がある。

それはおそらく、人生の終わりにさて、ひとびとの優しさに触れられたためであろう。もし、それがなかったら、暗がりのなかで息絶えるみじめな人生だったかもしれない。人生の明暗をわけるものは、病気そのものではなく、障害をもつものが社会にどのように受け入れられるかということである。

もし、遺伝病であることがわかっていたら、子供を産むことをどのように考えるであろうか。子供がおなじ苦しみをすることに耐えられるであろうか。しかも、私が子供を産まないという選択もできるのである。

病気である人生だけがつらいわけではないが、自分の子供ということになると、母親として非常にむずかしい選択を迫られることになる。子供を産むということを頭で考えているときと、実際に妊娠したときとでは、考えが変わる可能性がある。生理的な変化が、ものの考え方にも影響する。

私の母は、死ぬまで私の病気を認めてくれなかった。それは、私にとって非常につらいことであり、寂しいことであった。しかし、母が亡くなってから、母は娘の病気を受容できなかったのであり、それは愛情の裏返しでもあったのだと気づいた。母親の子供に対する気持ちは複雑である。

遺伝病の子供を産むのがよいか産まないのがよいかということにはこれ以外にも複雑な問題がたくさんあるが、確実にいえることは、障害をもつひとを温かく受け入れる社会をつくる必要があるということである。

死

空蟬の風に転がるさやさやと死は背後より襲うものなり

私たちは一〇〇年足らずの寿命を生きてかならず死ぬ。受精の瞬間から、死に向かって歩みつづけている。私たちのからだを構成している体細胞《たいさいぼう》はこのようにして死ぬが、卵や精子という生殖細胞は、了孫となって生きつづける。

私たち自身も三六億年の歴史をもつ生殖細胞から生まれる。したがって、私たちのからだを構成する六〇兆個の体細胞は、それぞれ三六億年の歴史をもつということになる。私が死ぬということは、それらの細胞が三六億年の歴史の幕を閉じるということである。私は三六億年の間書き継がれてきた遺伝情報を生殖細胞に残して消滅する。

この地球上のたくさんの生命体がうごめくなかで、私一人が生きようが死のうが、それはまったく取るに足りないことである。しかし、私にとっては、それは大変なことである。今、ここにいる自分が消滅してなくなるとはいったいどういうことであろうか？　死に至る苦しみを耐えることができるであろうか？　残されたひとびとが悲しむのではなかろうか？　死にまとわりつく不安はどれも深いものである。

このように、私たちが感じている死は、生物学的な死ではなく心理学的な死である。医学の発展により、生物学的な死をある程度操作することができるようになったために、いろいろな問題が生じている。

安楽死

二〇代の一時期、私は自分の死をコントロールすることができるようになることが人間としての完成のように感じていた。最後まで自分の意志によって行動することを理想としていた。けれども、すぐにこの考えの傲慢《ごうまん》さに気づき、自然に服従することの意味を考えるようになった。

人間は死を自分にしたがわせることによって完成するのではなく、死の苦しみ、死に至る苦しみを背負うことによってはじめて昂《たか》められるのではないか。自分の行く手に大きな障壁があってこそ、生の重みも増すのではないかと考えるようになった。

しかし、死を恐れる動物としての人間についてさらに深く考えてみると、ほんとうにそうだろうかという疑念も生じてくる。大脳新皮質《だいのうしんひしつ》の発達によって、私たちは死を恐れるようになったが、おなじ大脳新皮質の発達によってもたらされた科学技術によって、死の恐れを軽減することは、人間の傲《おご》りであろうか。

人間は本質的に生きたいという本能を強くもっているであろう。どんなに年を取ろうと、どんなに重い病気にかかろうと、どんな苦境に立とうと「生きたい」という気持ちは簡単にはなくならないはずである。しかし、死だけが救いであるような状況が、絶対に存在しないとはいえないのではなかろうか。

もし、私たちが死に至る苦しみを味わう必要がないということになったら、どんなによいであろうか。また、誰の目から見ても生きることが苦痛だけでしかないと思われるときに、やすらかにこの世に別れを告げられるということになれば、もっと安心して生きられるのではなかろうか。

死の苦しみに直面しているひとの気持ちを汲むことは、健康なものには大変むずかしい。終末期医療に目が向けられてきたことは喜ばしいことであるが、まだまだ不十分であろう。

終末期医療というと、癌が中心になっているが、高齢者の緩やかな終末期、慢性で長い経過をたどる患者の終末期やそれに至る過程の心理や心の介護、さらには患者の家族の心理なども、もっと研究する必要があると感じている。

とくに高齢者の孤独感や死への恐怖や不安を、私たちはどれだけわかっているであろうか。もちろん、他人の痛みは知ることができないし、わかったと思うことはまちがいのもとであると私は思っているが、それでも高齢者の苦しみにはもっと目を向けなければならないのではなかろうか。

社会への適応度の低いひとびとの心身の苦しみに十分な救いの手を差し伸べたうえ

で、もう一度積極的安楽死という問題をよく考えてもよいのではないかとこのごろ思うようになった。心とからだの介護が十分におこなわれていれば、もし、積極的安楽死という手段があっても使うひとはごくかぎられてくるであろう。安心のお守りとしての積極的安楽死を手に入れられないものであろうか。

積極的安楽死から目を背けるのではなく、少し考えてみようと思うと、いろいろな疑問にぶつかる。まず、現在の議論では積極的安楽死を施すひとは医師であるという暗黙の了解があると思うが、なぜ医師でなければならないのであろうか。医師でないひとが施すべきであるということではなく、単純になぜだろうと思うのである。

そのつらい役割を担うのが、医師であればありがたいとは思うが、アメリカの医師会も、日本の医師会も「命を絶つことは医の倫理に反する」という見解を発表している。心情的には、この見解はよくわかるような気がする。

私自身のことを考えてみても、はじめは「治して下さい」とお願いしていて、ある時から「殺して下さい」とはいえないのではなかろうか。私は医師でないのでよくわからないが、たとえ患者本人も家族も希望していても、ひとを殺すということは、医師にとっては非常につらいことではなかろうか。

死刑を執行するひとは、なぜ医師ではないのであろうか。医学的な技術を要する方法が採られていないことが理由になるとすると、たとえ罪人であっても、そのような方法でひとの命を絶つということへの道義的な問題はないのであろうか。

また、すでに積極的安楽死の議論が進んでいるオランダなどでは、精神病のひとが安楽死を望んでも承認されないような例もあるが、これは差別ではないのであろうか。大変むずかしい問題であるが、痴呆《ちほう》のひとが死を望むこともありうると私は思っている。

アメリカのサンフランシスコ地域の病院や大学などの倫理委員会のメンバーが参加している「ベイ・エリア倫理委員会ネットワーク」では、「医師がはやめる死」を実行する際の指針を発表している。

その項目の一つに、「医療費がかかるというような外部から強制する要素がない」というものがあるが、医療費も介護費も払えなくなった場合に、誰が払ってくれるのであろうか。治る見込みのない、苦しみだけの病気の医療費を誰かに払ってもらわなければならないという精神的な負担はどのように評価されるのであろうか。また、自分で払えなくなったために、あるいは医療費を節約しなければならないために、介護の質が落ちるような場合にも、ただそれに耐えなければならないのであろうか。肉体的な痛みは、死を望む理由になるが、精神的な痛みは無視されてよいのであろうか。

もちろん、苦しむひとに負担を感じさせないような公的な福祉制度があればよいが、そのようなものがないのが現状である。

安楽死の議論では、人間は死ぬ権利をもつということになっている。宗教団体などはこの考えに反対しているが、神に権利があるなどというのではなくても、ほんとうに人間は死ぬ権利をもっているのであろうか。私には、それは権利などというものではなく、「やむを得ず死なせていただく」ということのように思えるのである。

死をタブー視するのではなく、積極的に取り上げて見つめていくことによって、人類の幸福のために新しい視点が開けてくるのではなかろうか。積極的安楽死についても考えると同時に、ひとが死んでいく過程で起こるたくさんの問題に目を向ける必要があるであろう。抗鬱剤《こううつざい》のような向精神薬の使用についてももっと積極的に考えてほしいと思う。

尊厳死

尊厳死とは、どのような死であろうか。我が国では、人工呼吸器などによる不自然な延命を停止することを尊厳死と呼んでいる。この言葉は、英語の death with dignity すなわち「人間としての尊厳を保ちつつ迎える死」を訳したものである。

ベン・コーエンさんは福井県に住む陶芸家であった。筋萎縮性側索硬化症《きんいしゅくせいそくさくこうかしょう》という難病にかかり、四六歳という若さで亡くなった。この病気は、次第に手足が動かなくなり、ものも食べられず、しゃべれず、呼吸もできなくなって死ぬという経過をたどることが多い。

コーエンさんは、そのような状況で焼き物をつづけ、自分の目的を達成して亡くなるのである。その困難な状況でコーエンさんを支援したひとびとのまとめた『最高の

QOLへの挑戦』という記録は、非常に感動的な読み物である。

そのなかに、コーエンさんに関わった二人の医師の手記もふくまれている。そこにはとまどい揺れ動く医師の気持ちが率直に綴られており、意志表示をはっきりするコーエンさんとの間の食い違いが浮き彫りにされている。

宮地裕文医師は、毎週コーエンさんを訪れて、生や死、病気のことを話し合った。この病気の患者が呼吸困難になると、気管切開をし、人工呼吸器をつけなければ生きられなくなる。そのころには、食べることもしゃべることもできなくなることが多い。コーエンさんは、人工呼吸器をつけた場合の状況について、宮地医師にくわしく尋ね、人工呼吸器をつけることをためらう気持ちが強かったが、最終的な結論に至っていたわけではない。

宮地医師との話し合いのしめくくりはいつも「私の希望を尊重し、受け入れてくれるか」であったという。宮地医師も、コーエンさんが人工呼吸器をつけないという結論をだせば、それにしたがうつもりであったという。実際には、コーエンさんは呼吸困難に陥り、人工呼吸器をつけることになる。

宮地医師はこの手記のなかで次のように書いている。

一般には、呼吸困難になっても、本人からはめったに「どうするか」の話題は出てこない。担当医も、家族と話し合ってから、その結論に従って本人に納得してもらう方法をとることが多い。

コーエンさんのもう一人の主治医である広瀬真紀医師も複雑な気持ちを綴っている。

在宅丸一年の記念日。彼の周囲からもれてきたのは「安楽死」。
喋れなくなったら人工呼吸器をはずせ。
主治医としての答えはノー。
その時がきたらどう対処していいか。今は考えない。先送りだ。

私たち医師は、一人の患者に対して行うことのさまざまをより確実に、合理的に、ひいては生命的危険の処理を最優先に行動することを、学生時代から訓練されつづけてきた。特に、救急外科外来を標榜する私にとって、ことの処理の順序は、ほとんど定型的なまでに枠にはまったものだ。一例をあげると、交通事故患者の骨折の痛みは無視してまでも、頭部や腹部の異常に専念するものなのだ。

（中略）

そのころの私はというと、肺炎を起こす危険性があるにしても、高カロリー中心静脈栄養（中心静脈への点滴——著者注）より、経管栄養（鼻から管を入れて液状栄養物を流し込む方法——著者注）をより自然なものとして選ぶべく当然考えてきたのである。

彼がそれを拒否するとは、思ってもいなかった。医者の論理である。嚥下《えんか》困難が現実のものとなり、今から経管栄養を始めようとしたとき、彼はそれを「帰結」ととらえたのである。彼の論理である。

こうして、彼と私との間のさまざまな心的苦労が始まった。

広瀬医師はこうも記す。

安楽死と尊厳死は絶対に区別されるべき言葉である。同級生の弁護士がいう「日本で安楽死は許されない」。

解きようのない主治医に課せられた課題。

二年目の冬。全身状態極度に悪化。

身体のむくみ、心肺機能の低下、そして心臓発作。

彼は自ら答えを出してしまった。永遠に先送りになった私の課題。

宮地医師も広瀬医師も熱心な良識的な医師であることがうかがえる。この二人の医師の考えは、日本の医師全体からみても平均的な考えであろう。尊厳死でさえも、医師にとっては解きようのない課題であると広瀬医師はいう。しかし、これは解くべき問題なのであろうか。ただ単に受け入れればよいのではなかろうか。

また、宮地医師のいうように、日本では自分の生死にかかわることでも、患者本人の意志を確かめることはほとんどない。医師が家族に告げて、医師の判断で処置されることが多い。患者本人の意志はもっと尊重されなければならない。そのためには医師の意識の改革も必要であるが、患者も自分の意志をはっきりと表明しなければならない。

この二人の医師の手記は、日本の死の看取りがいかに医師主導でおこなわれているかということを物語っている。ここで私の心にふと浮かんだのは「老いては子にしたがえ」という格言である。「最期は患者にしたがえ」とはいかないものであろうか。

現場がこのような状況であるために、元気なうちに尊厳死を宣言しておくことを勧める運動が起こるのであろう。しかし、私には、死の看取りとはそのようなものではなく、患者と医師と家族が苦しい決断をしながら、その場その場で少しずつ選んでいくものであるように思えるのである。それは、医師だけによって決定されるものでもなく、本人だけによって決定されるものでもないのではなかろうか。

日本尊厳死協会では、「尊厳死の宣言書」をつくり、これを「生前の遺言状」として、自分が死ぬときに自分の意志がきちんと伝わるようにしておこうという運動を繰り広げている。

しかし、私は尊厳死を宣言するという気持ちに違和感を覚える。これは死の権利と関連のある感覚であろう。自分の死の権利を高らかに主張できるひとは、死の宣言にも抵抗を感じないのではなかろうか。

三六億年の歴史をもつ、私をかたちづくっている細胞が死を迎え、その歴史が途絶えようとしているときに、死の権利とか死の宣言とかいう気持ちをもつことはできないように思えるのである。

地球上の生態系は、一枚の織物のようなものであると私は感じている。そのなかの小さな小さな私のいのちも、その織物の一部であり、けっして私だけのものではない。地球あるいは宇宙全体という空間的な広がりと、三六億年あるいは一五〇億年という時間的な長さのなかで自分を見るときに、私はこのいのちが私のものであると主張する気にはなれない。

尊厳死を宣言するのは日本尊厳死協会だけにかぎったことではない。たとえば、

「終末期を考える市民の会」でも「終末期宣言書」を広める運動をしている。この宣言書も終末期の延命措置や脳死状態での臓器提供をどうするかなどを文書で指定するためのものである。

いのちはそれをもつ個人に属するという考えは、日本だけのものではないし、科学がもたらした非常に合理的な考えというのであろう。けれども、私には、このような感覚は危険なように思える。これらの宣言書が医師の主導によってつくられていることから考えると、現代医学の生命観と見てもよいのかもしれない。

いのちというものは、この宇宙にお返しするものであり、最後にどのような医療を受けたいかは、担当者にていねいにお願いするものであると私には感じられる。いのちを宇宙にお返しするという感覚は、生命科学が私に授けてくれたものである。生命について学べば学ぶほどそのようにしか感じられなくなってくる。

また、いつくるかわからない自分の終末期に受けたい医療について、健康なときにはっきりと「宣言」できるものであろうか。「健康なときにはこのように考えていました」ということはできるし、そのようなものを書き残しておくこと自体は悪いことではないと思う。また、苦しみを受ける主体が自分であるということのために、これ以上耐えられないという点は存在するであろう。そのような意味で、いのちをもつ本人が、自分のいのちの限界を願うことはありうることである。

けれども、すでに見てきたように、私たちは脳のなかに複雑な価値判断の機構をもっている。その場、その場で状況に合わせた価値判断をおこなっている。その場に至れば、自分自身の気持ちも変わるかもしれないし、家族や近しいひとびとに十分な別れの時間をもってもらうことも重要である。治療にできるかぎりのことをしてくれた医師や医療関係者にも、心残りのないようにしてほしい。

価値判断は、時々刻々変わっていくものである。一生に一度しか経験できないことについて、あらかじめ宣言しておくことは、私にはとてもむずかしいように思える。もちろん、私も不自然な延命措置を希望するのではないが、「事情が許せば、できるだけ避けていただきたい」とお願いする以上のことはいえないように思えるのである。

痴呆と尊厳死

日本尊厳死協会では、植物状態になったときや老人性痴呆になったときに延命を停止することが検討されているという。しかし、私たちは、植物状態のひとや老人性痴呆のひとの認識能力について、ほとんど知らないのではなかろうか。

ある病院に入院していたときに、私の隣のベッドに九二歳になるおばあさんが入院してきた。自分でお風呂を沸かして入ろうとして、お湯をよくかきまぜないで入ってしまったために、下半身に大やけどをして、救急車で担ぎ込まれた。

いのちに別状はなかったが、この事件でおばあさんはすっかり呆《ぼ》けてしまった。入院したところが外科であったので、やけどが治れば退院しなければならない。昼夜の区別もわからず、家族の顔もわかったりわからなくなったりという状態になってしまったおばあさんをどうしたものかと、子供たちが集まっておばあさんのベッドのまわりで何日も話しあった。

そんなある日、家族が誰もいないときに、このおばあさんは私に訴えるように「私の胃と心臓が動いているばっかりに、子供たちに苦労をかけて申しわけない。早く心臓が止まればいいのに。私の心臓がいけないんです」といって、さめざめと泣いたのである。そのようなことが二回起こった。

私はそのことを家族のひとにそっと話したが、とても信じられないという。私自身もふだんのおばあさんの様子からは、そんな言葉が出てくるということは想像もつかないことであった。

けれども、私はたしかに聞いたのである。たとえ、時折、瞬間的にこのおばあさんが正気になるとしても、自分の置かれている状況を把握していなければ、このような言葉は出てこないはずである。子供たちの会話を聞いて理解していたと思わざるをえない。完全に痴呆状態にあると思われるおばあさんにもある程度の理解力が残っていると考えられるのではなかろうか。

脳の構造を考えれば、表面的な状態で簡単にすべてを判断してはならないことは容易に想像がつく。私たちはまだ何も知らないのだということを深く考えなければならない。

在宅医療とホスピス

医療費の節減のために厚生省は、介護だけの必要な患者を病院から締め出す方策を推進している。家庭での受け入れ態勢が整わないうちに、強引に病院から出されたひとびとはどうなったであろうか。

一番数の多かったのは高齢者であろう。介護に手のかかる難病のひとも困っている。「病人にとって住み慣れた家ほどよいところはない」という。それはたしかにそうである。しかし、それは温かい家庭があって、そのひとをこころよく迎え入れてくれる家族がいるときにのみいえることではなかろうか。

年を取って、病気を抱えながら、長年連れ添ってきた相手にも先立たれて一人で暮らす老人の寂しさと不安はいかばかりであろうか。また、かならずしも歓迎されていない自分の身を小さくして生きていくということはどんなに辛いことであろうか。

たとえ温かい家庭があっても、ひとりの病人を長期に抱えるということは、家族に大きな犠牲を強いることになる。自分のために家族が苦しい思いをするのをなす術もなく見守らなければならない辛さは、病気そのものの苦しみより耐えがたいこともあるであろう。

介護をしているひとが病気になったり、家庭のなかに思わぬできごとが起こることもある。とくに老人を介護する女性たちの多くは、そのたいへんさを「自分が先に逝くのではないかと思った」という。

事実私の知っている何人かの女性が、老人の死を看取ったあと、間もなく亡くなっている。ひとりの人間の最期を看取るということは、それほど消耗する仕事なのである。

病状が進行して、体力も気力も落ちてくると、健康なひとびととともにいることが辛くなることがある。静かな病室が確保されて、他のひとびとの騒がしさから病人を守ってくれるひとがあればよいが、そうでない場合には、家庭にいること自体がかなりの苦痛の原因になるであろう。たとえプライバシーがなくとも、病院の白いベッドが安らぎの場となることもある。

人手の多い大家族のなかならともかくとして、現在の家族の状況では、介護をする方もされる方もかなりの忍耐を要求されているのではなかろうか。また、痴呆の老人を一人で置くという危険な状況が生じている。そこで何とか事故を起こさないように、心を砕いて奮闘しているのが、ヘルパーさんたちである。

現在、ヘルパーの資格をもって活躍しているひとびとは意識も高く、非常に有能である。責任感が強く、思いやりも深い。しかし、このひとたちが現場でどのような苦労をしているかということは、ほとんど一般には知られていない。政治にたずさわるひとはもちろんのこと、すべてのひとがその苦労について知らなければならないと思う。

子供から老人までが社会のなかで自分のできることをわけもつことで、介護は明るい仕事になると私には感じられる。優しさをあたえ、受け取ることは、年齢に関係なくすばらしいことである。介護はお金の問題である前に、まず、すべてのひとの意識改革の問題であると思えるのである。

このような問題を解決するためにも、各地方自治体にいくつかの介護中心の病院をつくる必要があると私は考えている。終末期の癌患者だけしか受け入れないホスピスではなく、どのような病気であっても、心やすらかに療養でき、温かく看取られるホスピスをつくらなければならない。

自分がここで最期を迎えたいと思うような施設を地域ごとにつくり、住民がそこで介護にたずさわることによって、介護と死の看取りは社会化されるであろう。社会として、高齢者や長期療養者を介護していくことによって、自分がこれから歩むであろう道を知ることができる。また、死から目をそらして恐れるのではなく、死にゆくひとびとに温かく接することによって、介護するひとも多くを学ぶことであろう。

在宅かホスピスか、その選択ができてはじめて豊かな社会ということができよう。介護と死の看取りがもっともっと社会化されることを願ってやまない。高齢者や障害者は、私たちにあたえる喜びを教え、心を豊かにしてくれる大きな精神的資源である。

別離の悲しみ

親しいひとが死んだときの喪失感とは何であろうか。この感覚も人間のもつ社会性と深く関わっているはずである。また、自我意識の発達とともに、他人をも個別の人間として認識し、そのひとの存在に執着するために喪失感が生じるのであろう。

このように考えると、別離の悲しみもまた、大脳新皮質の発達によって生じた人間特有の苦しみであろうと考えられる。大脳によってもたらされた苦しみは、大脳の知恵で軽減することはできないものであろうか。

戦争で息子を亡くした母親も、その死がほんとうに意義のあるものであったと確信できるときには、誇りをもって受け入れることができるもののようである。ここでも人間は価値の判断をする。

死に対する恐れも別離の悲しみも、人間の脳によってつくりだされたものである。

したがって、人生の苦しみに対処する場合とおなじように、その苦しみを軽くする心理学的な方法があるはずである。

別離による喪失感の心理学の研究とともに、薬物を使う方法ももっと研究されてよいのではなかろうか。

ほんとうの癒しとは

医学の進歩によって、私たちはいろいろなことができるようになった。呼吸のできなくなったひとに人工的に呼吸をさせたり、脳死者から臓器を摘出して、移植したりできることを思うと、医学は万能であるような錯覚に陥る。

しかし、医学にできることはほんの少ししかない。目の前の病人になすべきことをし尽くしてしまい、もはや何の手段ももたなくなったときにはじめて、医師も看護婦もその他のひとびとも死にゆくひととおなじ地平に立てるのではなかろうか。

おなじ無力な人間となって、人間の限界に涙するときに、両方の心のなかに通い合うものがあるはずである。そのときにはじめて、苦しむひと、死に向かい合うひとの孤独を癒《いや》す力があたえられる。

宇宙の底になすすべもなく震え合う二人の人間。二人の間に流れる共感こそが宇宙に帰ろうとしているひとの恐れと寂しさを慰めてくれる。人間は生まれながらにして社会性をもち、社会性をはぐくみながら生きている。この世に別れを告げるときの究極の社会性は、みずからの貧しさを知った謙虚なひとによってのみ満たされるものであると私は考えている。

もっとも悲惨なことは、飢餓でも病気でもない。自分が誰からもかえりみられないと感じることです。

これはマザー・テレサの言葉である。極限の状態にあって、なおかつ一番つらいのは孤独なのである。人間は死ぬまで社会性をもち、その究極の社会性が満たされないことが一番悲惨なのである。

究極の社会性を満たすためには、言葉さえも必要ではない。ただ人間の限界を知り、自分の小ささを知ったひとの存在そのものが救いとなるのではなかろうか。

誰ひとり帰りしことのなき道の白きを踏みてほとほと行く

おわりに

私の孤独な闘いに終止符を打ってくれたのは、医療の理想の姿を追求する一人の優秀な医師であった。病気はいまだに悪化しつづけているが、一人の医師との出会いが大きな変化をもたらした。今では、信頼できるホーム・ドクターと心の深い看護婦さんに守られ、市の福祉関係者やヘルパーさん、家族などに大切にされている。たくさんの友人も心の支えである。

一日中ベッドに身を横たえて過ごし、一歩も歩くことはできない。ほとんどのことに介護が必要である。自分では何もできない役に立たない人間である。食べ物は喉も食道も通りにくくなってきたので、流動食と中心静脈への点滴で栄養を補給している。手が疲れて自分で口に運ぶことができない。排泄障害もある。からだはこのような状態であるが、私は横になったまま、原稿も書けるし、インタビューもこなす。それだけしかできないという方が適切かもしれない。

棺桶ほどのスペースがあれば、ひとはものを書くことができるといったのは、アニー・ディラードであるが、私の部屋はさいわい棺桶よりはやや広い。六畳の部屋からは緑が見える。梅の木と山茱萸《さんしゅゆ》の木が鬱蒼と茂り、その先に切り絵のような空が見える。部屋の中央には電動ベッドがあり、蓐瘡《じょくそう》予防用のエア・マットを敷いてある。エア・マットは神経の圧迫からくる痛みを防ぐための必需品である。それでも痛み止めを手放すことはできない。

六畳につづく奥の間には、場所をとる介護用品が置かれている。この部屋は本来、ウォークイン・クローゼットとして作られた部屋であるが、寝たきりで介護を受けるためには、次の間のあることは、居室をごたごたさせないためにもありがたいことである。

次の間のあるおかげで、私の周りは、比較的すっきりとしている。私のベッドを取り囲んでいるのは、コンピューターとオーディオ製品である。マッキントッシュの前身であるアップル80の時代からコンピューターに親しんでいた私にとって、コンピューターは手放すことのできないものである。とくにペンをもつ力がなくなってからは、キーボードは文字通り私の両腕として、原稿書きに手紙書きにと活躍してくれている。また、図書館にいけないので、インターネットは何よりもありがたいものである。居ながらにして世界の情報を手に入れることができる。ベッドから動けないものにとっても、世界は開かれているのである。

コンピューターは、テレビと共用の二八インチ・ディスプレイにつながれている。このディスプレイにはビデオもレーザーディスクもつながっているので、一台四役をこなしてくれていることになる。CDプレイヤー、カセットデッキ、ファイル・タイプのCDプレイヤー、ロジャースのスピーカー、それにスタックスのイヤースピーカーと私の愛用の機器に囲まれて、退屈するということを知らずに過ごすことができる。五〇枚のCDを一度に入れることのできるファイル・タイプのCDプレイヤーは、CDを換えることのできないものにとって、天の恵みといえるほどありがたいものである。

動けないものには、リモコンは魔法の杖のようなものである。今、私の手元には一六本のリモコンがある。もちろん、これが一つのパネルにでも整理されればもっと使いよいのであろう。しかし、現在の状態でも、それぞれのリモコンは、私の延長腕として、私のからだの一部のようになっている。

かちかちといろいろなリモコンを操作することは楽しいことであるが、すでに私の腕はリモコンの重さに耐えられなくなってきているので、何らかの工夫をしなければならない。そして、また、その工夫をするということのなかに尽きせぬ楽しみと喜びがあるのである。

私の一六本のリモコンのうち、一番気に入っているのは、玄関のドアを施錠するリモコンである。碁石を一回り大きくしたくらいのかわいらしいリモコンで、私の部屋からは見えない玄関のドアを操作することができる。ドアが開いているか閉まっているか、施錠されているかどうかということは、私の目の前の表示パネルに表示される。私はベッドにいながら、この家の鍵を自由に操作することができるのである。この小さなリモコンは「わたしがこの家の鍵を握っている」という大きな喜びをあたえてくれている。

床から開いている大きな窓には、リモコンで操作できるブラインドをつけた。動けなくなってみると、時々刻々に変化する光に対して、人間がいかに敏感に反応しているかがわかる。少しでも強すぎる光はつらいし、弱くなるとうっとうしく感じる。その都度誰かを呼ぶのも気が引けるので、がまんすることになるが、それが意外につらいことである。

思い切って、リモコンで動くブラインドをつけてから生活が一変した。ブラインドは、一センチ幅ほどの細いアルミ板を並べたもので、開閉とアルミ板の角度をリモコンで変えることができる。

光の変化とともにブラインドを変化させるのが、私の楽しみになった。とくに午後の光は美しい。ブラインドのアルミ板を下向きにして、わずかの光を射し込ませてもよいし、アルミ板を上向きにして光を跳ね上げてみるのもおもしろい。

私のコンピューターもコードレスのキーボードがついているという意味でリモコンである。キーボードから発せられる赤外線の信号を受けて、本体が作動する。ベッドに寝たままの姿勢でコンピューターを使うには、これは画期的な製品だと思って、私は飛びついて買った。コードレス・キーボードは、私の期待を裏切らず、やはり私のからだの一部のようになって、いつでも私のかたわらに待機していてくれる。

このコンピューターからは、電話もかけられるし、ファックスの送受信もできる。もちろん、インターネットで世界への窓を開いてくれる。

そのほかのリモコンは、CDプレイヤー、アンプ、レーザーディスク、ビデオ、テレビ、扇風機、クーラー、ポータブル・ウォッシュレット、換気扇、カセットデッキ、電動ベッド用のものである。これらすべてのものを寝たままの姿勢で、小さいボタンを一つ押すだけで操作できるというのは何とすばらしいことであろうか。私の一六個の秘密兵器を思うと、心が浮き立つ思いである。望むらくは、戸や窓の開閉、ベッドテーブルの移動用のリモコンがあればと思う。

私は病気のために、たいへん長く苦しい時間を過ごしたが、すばらしい医療と福祉関係者との出会いによって、心を癒《いや》され、満ち足りた時を過ごしている。病気は進行しているが、それは、もはや問題ではないのである。ひとびとの優しさに触れ、心豊かな時間を過ごし、人間として生まれた喜びをかみしめられることは、この世で最高の幸せであろう。

私が幼かったころ、太平洋戦争のために、毎日たくさんのひとが死んだ。私の同級生のなかにも、父親が戦死したひとがたくさんいた。いとこや叔父が死んだ。私の住んでいた街も空襲に会い、その晩にたくさんの知人が亡くなった。

そんな悲惨な時代から、高度成長の時代を経て世のなかがいくらか落ち着いた今、すべてのひとが満ち足りて幸せかというとけっしてそうではない。ひとは生存の欲求が満たされただけでは幸せとは感じられない動物である。

一見、世界でもっとも恵まれているように見える日本の社会でも、その襞《ひだ》にわけ入ってみると、苦しみが見えてくる。ここでもやはり「人生は苦なり」である。そして、その苦しみの先には死がある。死までの時間を何とか消化して、彼岸に泳ぎ着かねばならない。

私たちは人生の暗さを知っている。しかし、その道も心の持ち方一つで明るく照らすことができる。苦しみはそのひとの心のなかにあるのであって、外からあたえられているのではない。自分にあたえられた瞬間瞬間を十分に生ききることができれば、死もまた充実しているであろう。

私は、ほんとうの優しさに包まれて、癒しとは何かということを経験した。そのような貴重な体験をさせてくださった田村クリニック院長の田村豊先生、訪問専任看護婦の黒飛《くろとび》真弓さん、多摩市の福祉関係者、私の日々の介護にあたってくださるヘルパーの方々に心から感謝申し上げる。この方々の熱心で温かい支えがなければ、この本を書くこともできなかったであろう。

「音」短歌会の武川忠一先生はじめ先輩の方々は、歩みの遅い私を温かく見守ってくださった。つたないものではあるが、二度と戻ることのできない時間をここに留めさせていただいたことに感謝申し上げる。

本書中のカーリル・ジブラーンの詩は私が訳したが、翻訳にあたって三浦久監修・辰野ジブラーンを訳す会訳『預言者』を参考にさせていただいた。

この本は岩波書店の宮内久男氏の依頼により執筆したものである。当初、宮内氏も私も、どのような本を書くかというはっきりとした構想をもっていたわけではない。話し合いを重ねていくうちに、何かが私の心のなかでうねりはじめた。編集者からインスピレーションを受け取ることは大きな喜びである。

本書の価値を認めてくださった吉田宇一氏と宮部信明氏が編集に参加してくださり、貴重な意見を述べるとともに私たちを助けてくださった。お二人に心から感謝申し上げる。

一九九八年四月

柳澤桂子

文庫化にあたって

私がこの本を書いたときは、体調は最悪であった。病は悪化する一方で、苦しく、それでも病名もわからず、まして治療などは考えることもできなかった。そんな中で、本を書くことだけがひとつの希望となっていた。

人間であることが辛く悲しく、

生きるという悲しいことを我はする草木も鳥も虫もするなり

こんな歌を詠んで、病床で苦しんでいた。それでもパソコンだけは寝たまま打って本を書いた。そうしてできあがった本の一冊がこの本である。

あれから五年の月日が流れたが、私は相変わらず病床にいる。書く力も次第に衰えていると思うが、書かなければならないことがあとを絶たない。それをすべて書き終わるまで、私には書く力が残されているだろうと、最近では少し神がかったことを考えるようになってきた。

『癒されて生きる』は、私のたくさんの著作のなかでも、特に評判のよかったものである。たくさんの方に読んでいただき、心から感謝している。

今回その本が文庫化されることになり、もっと多くの方に手軽に読んでいただけることは、私にとって大きな喜びである。

病気にかぎらず、世の中には辛いことがたくさんある。たまたまそのようなことにぶつかった方が、この本を読んで、少しでも慰められてくだされば、私が苦しい中で本を書いた意義は十分に達せられる。

どうか親本同様、この文庫本もかわいがってやっていただきたい。

皆様のお幸せを心から願いつつ――。

文庫出版にあたり、岩波現代文庫編集部の大山美佐子さんにたいへんお世話になりました。

二〇〇四年一月

柳澤桂子

参照文献

『認められぬ病』柳澤桂子(中央公論社)

『タゴール詩集――ギーターンジャリ』R・タゴール、渡辺照宏訳(岩波書店)

『愛をこめいのち見つめて』柳澤桂子(主婦の友社)

『神の慰めの書』M・エックハルト、相原信作訳(講談社)

The Prophet, Kahlil Gibran (A. A. Knopf Pub., New York)

『般若心経・金剛般若経』中村元・紀野一義訳注(岩波書店)

『ボンヘッファー獄中書簡集』E・ベートゲ編、村上伸訳(新教出版社)

『心は脳を越える』J・C・エックルス、D・N・ロビンソン、大村裕・山河広・雨宮一郎訳(紀伊國屋書店)

『生きがいについて』神谷美恵子(みすず書房)

『意味への意志』ヴィクトル・E・フランクル、大沢博訳(ブレーン出版)

"Serotonin: The neurotransmitter for the '90s", R. F. Borne, *Drug Topics*, Oct. 10,

1994(p.108)(http://www.fairlite.com/ocd/articles/ser90.shtml)
『生きるということ』E・フロム、佐野哲郎訳(紀伊國屋書店)
『脳と情動——感情のメカニズム』堀哲郎(共立出版)
An Unquiet Mind, K. R. Jamison(Vintage Book, New York)(『躁うつ病を生きる』K・R・ジャミソン、田中啓子訳、新曜社)
『ガン病棟』A・ソルジェニツィン、小笠原豊樹訳(新潮社)
『最高のQOLへの挑戦』ベンさんの事例に学ぶ会編(医学書院)

本書は一九九八年六月、岩波書店より刊行された。

癒されて生きる

2004年3月16日　第1刷発行
2017年2月24日　第6刷発行

著　者　柳澤桂子《やなぎさわけいこ》

発行者　岡本　厚

発行所　株式会社　岩波書店
〒101-8002 東京都千代田区一ツ橋2-5-5

案内 03-5210-4000　営業部 03-5210-4111
現代文庫編集部 03-5210-4136
http://www.iwanami.co.jp/

印刷・精興社　製本・中永製本

ISBN 4-00-603090-8　　Printed in Japan

岩波現代文庫の発足に際して

新しい世紀が目前に迫っている。しかし二〇世紀は、戦争、貧困、差別と抑圧、民族間の憎悪等に対して本質的な解決策を見いだすことができなかったばかりか、文明の名による自然破壊は人類の存続を脅かすまでに拡大した。一方、第二次大戦後より半世紀余の間、ひたすら追い求めてきた物質的豊かさが必ずしも真の幸福に直結せず、むしろ社会のありかたを歪め、人間精神の荒廃をもたらすという逆説を、われわれは人類史上はじめて痛切に体験した。

それゆえ先人たちが第二次世界大戦後の諸問題といかに取り組み、思考し、解決を模索したかの軌跡を読みとくことは、今日の緊急の課題であるにとどまらず、将来にわたって必須の知的営為となるはずである。幸いわれわれの前には、この時代の様ざまな葛藤から生まれた、人文、社会、自然諸科学をはじめ、文学作品、ヒューマン・ドキュメントにいたる広範な分野のすぐれた成果の蓄積が存在する。

岩波現代文庫は、これらの学問的、文芸的な達成を、日本人の思索に切実な影響を与えた諸外国の著作とともに、厳選して収録し、次代に手渡していこうという目的をもって発刊される。いまや、次々に生起する大小の悲喜劇に対してわれわれは傍観者であることは許されない。一人ひとりが生活と思想を再構築すべき時である。

岩波現代文庫は、戦後日本人の知的自叙伝ともいうべき書物群であり、現状に甘んずることなく困難な事態に正対して、持続的に思考し、未来を拓こうとする同時代人の糧となるであろう。

（二〇〇〇年一月）